리어왕

MINI BOOK
CLOUD
LIBRARY
40

리어왕

King Lear

The World's Leading Center for
Shakespeare Studies

윌리엄 셰익스피어 지음
이재호 옮김

생각뿔

차례

등장인물	6
1막	7
2막	61
3막	99
4막	141
5막	185
작품 해설	216
작가 연보	226

〈등장인물〉
리어: 영국 왕
프랑스 왕
버건디 공작
글로스터 백작
켄트 백작: 나중에 카이어스로 변장
거너릴, 리건, 코딜리어: 리어왕의 딸들
콘월 공작: 리건의 남편
올버니 공작: 거너릴의 남편
에드거: 글로스터 백작의 아들
에드먼드: 글로스터 백작의 서자
큐란: 글로스터 집안의 신사
오즈월드: 거너릴의 집사
노인: 글로스터 백작의 하인
기타: 전의, 광대, 신사, 전령, 부대장들, 리어의 기사들, 사신들,
장병들, 시종들, 하인들 등

〈장소〉
영국

1막

King Lear

1장

(리어왕 궁전의 접견실. 켄트, 글로스터, 에드먼드 등장)

켄트 저는 국왕께서 콘월 공보다 올버니 공을 더욱 총애하신다고 생각해 왔습니다.

글로스터 모두 그렇게 생각했지요. 하지만 정작 왕국을 나누게 될 바로 그 시점이 다가오니, 어떤 분을 더 아끼시는지 분간하기가 무척이나 힘들어요. 게다가 두 분의 몫이 아주 대등하게 분배되어 있어 아무리 따져 보아도 어느 쪽이 더 유리하다고 우열을 가리기가 힘이 드네요.

켄트 저 친구는 경의 자제분 아닌가요?

글로스터 물론 제가 양육한 건 맞습니다. 하지만 제 자식임을 인정하는 일이 아직도 부끄럽습니다. 이제는 좀 익숙해지기는 했지만 말입니다.

켄트 무슨 말씀을 하시는 건지 도통 잘 모르겠습니다

글로스터 저 아이의 어미는 저를 잘 받아들였던 겁니다. 그렇게 그 여자는 배가 불렀지요. 결국 그 아이의 어미는 잠자리에 맞이할 남편과 혼례도 하기 전에 요람 속에 아들부터 맞이한 셈이지요. 뭔가 잘못된 듯한 낌새가 느껴지지 않습니까?

켄트 그 결과로 저렇게 멋진 아들이 생겼으니 오히려 잘된

일 아닙니까.

글로스터 하지만 저에게는 정실부인에게서 태어난 아들이 하나 있어요. 저 아이보다 한두 살 위입니다. 그렇다고 해서 제가 그 아이를 더 귀여워하지는 않습니다. 저 아이는 바라지 않았는데도 세상에 떡 하고 생겨났지만, 저 아이의 어미는 참 고왔습니다. 또 저 아이를 만드느라 재미는 좀 봤지요. 이런저런 일을 생각하면 비록 저 아이가 서자라고 해도 제 자식으로 인정하지 않을 수 없습니다. 에드먼드, 너는 이 귀한 어르신이 누구신지 알고 있니?

에드먼드 잘 모르겠습니다, 아버님.

글로스터 바로 켄트 백작이시다. 내가 존경하는 분이니 잘 기억해 두렴.

에드먼드 경애하는 백작님, 인사 올리겠습니다.

켄트 자네, 내 마음에 쏙 드는군. 앞으로 가깝게 지내세.

에드먼드 백작님, 앞으로 노력하겠습니다.

글로스터 저 아이는 9년 동안이나 외국에 나가 있었지요. 앞으로도 또 가게 될 거고요. 폐하께서 오십니다.

(트럼펫 소리. 왕관을 들고 오는 사람에 이어 리어왕, 콘월, 올버니, 거너릴, 리건, 코딜리어, 시종들 등장)

리어 글로스터 공, 프랑스 왕과 버건디 공을 모셔 오라.

글로스터 네, 폐하! 분부대로 하겠습니다. (퇴장. 에드먼드가 뒤
따른다.)

리어 지금까지 짐이 마음속에 비밀스럽게 품고 있던 계획을
밝히도록 하겠다. 저기 있는 지도를 이리로 가져오라.
모두 알다시피, 짐은 이 나라의 땅을 셋으로 나누어 놓
았다. 이제 짐은 근심거리와 힘든 나랏일을 이 늙은 돋
에서 몽땅 털어 버리고, 이를 젊은 사람들에게 넘겨 좀
더 가벼운 마음으로 느긋하게 여생을 보내기로 했다. 짐
의 사위 콘월 공과 그에 못지않게 사랑하는 올버니 공에
게 두루 밝힌다. 짐은 지금 두 딸에게 각각 나눠 줄 재산
을 이 자리에서 발표하려 한다. 이렇게 하는 까닭은 나
중에 있을 분쟁을 사전에 방지하기 위한 것이다. 프랑스
왕과 버건디 공작은 오랫동안 내 막내딸의 사랑을 차지
하기 위해 이 궁중에 머물렀다. 이 두 사람도 이 자리에
서 그와 관련한 대답을 듣게 될 것이다. 딸들아 이제 말
해 보아라. 짐은 통치권과 영토 소유권, 그리고 모든 나
랏일에서 벗어나고자 한다. 너희 가운데 누가 가장 이
아비를 사랑하는지 말해 보아라. 짐은 가장 효성이 지극
한 딸에게 가장 큰 재산을 물려주도록 하겠다. 짐의 맏
딸, 거너릴이 먼저 말해 보아라.

거너릴 폐하, 아버님에 대한 저의 사랑을 어찌 말로 다 표현
할 수 있겠습니까? 아버님은 제게 세상을 보는 눈이나

세상의 무한한 공간, 혹은 걸릴 것 없는 자유보다 더 소중한 분입니다. 이 세상에서 값지고 귀한 그 어떤 것보다도 더 소중한 분입니다. 축복과 건강, 아름다움, 명예로움을 함께 갖춘 생명보다 더 소중한 분입니다. 자식으로서 아버지께 바치는 최고의 사랑보다, 또 아버지가 자식에게서 받는 최고의 효심보다 더한 진심을 다 바쳐서 사랑합니다. 제 보잘것없는 숨결이나 말재주로 표현할 수 없으며 그 무엇과도 견주기 힘들 만큼 큰 애정으로 아버님을 사랑하고 있습니다.

코딜리어 (방백) 나는 뭐라고 말하지? 그냥 마음속으로 사랑하고 있어야지.

리어 (지도를 펴 보이면서) 자, 이 경계선에서 이 경계선까지 푸르른 숲과 기름진 들판, 고기떼가 노닐고 있는 강들, 드넓은 목장, 이 영토를 모두 네게 주겠다. 너와 올버니 자손의 것으로 영원히 간직하라. 다음으로 짐의 둘째 딸, 콘월의 아내, 짐이 사랑하는 리건은 뭐라고 말하려 하는가?

리건 아버님, 제 마음도 언니의 마음과 조금도 다름이 없습니다. 저도 언니의 사랑과 같은 크기의 사랑을 간직하고 있습니다. 언니는 마치 제 마음속에 앉아 있다가 나온 사람처럼 제가 아버지를 사랑하는 마음을 조목조목 밝혀 주었습니다. 하지만 언니가 빠뜨린 말이 있어 조금 더 덧붙이도록 하겠습니다. 인간이 누리는 모든 쾌락도 그것이 효심과 대치된다면 그것은 적이라고 부를 수 있습니다. 저는 오로지 아버님에 대한 효심 속에서만 비로소 행복을 느낍니다.

코딜리어 (방백) 아, 이제 불쌍한 내 차례로구나! 아니야, 나 사랑이 언니들과 비교하면 결코 부족한 건 아니야. 아버님에 대한 내 사랑은 내가 뱉는 말보다 더 크고 풍족해.

리어 너와 네 자손에게 이 아름다운 영토의 삼 분의 일을 영원히 주겠다. 그 크기의 광대함으로나, 가치로나, 기쁨으로나 첫째 딸 거너릴이 받은 것에 견주어 조금도 손색이 없다. 자, 이번에는 막내딸의 차례다! 가장 어린 막내지만, 언니들 못지않게 짐에게 큰 기쁨을 주는 내 사랑스러운 딸아. 포도로 유명한 프랑스의 왕과 드넓은 목장을 가진 버건디 공작이 너의 사랑을 얻으려고 경쟁하고 있는 줄로 알고 있다. 과연 너는 짐이 네 언니들에게 준 것보다 더 비옥한 영토의 삼 분의 일을 얻기 우해 무엇을 말하려고 하느냐? 자, 그럼 이제 말해 보아라

코딜리어 저는 할 말이 아무것도 없습니다.

리어 뭐? 할 말이 하나도 없다고?

코딜리어 네, 할 말이 하나도 없습니다.

리어 할 말이 없다면 얻을 것도 없지. 다시 한번 말해 보아라.

코딜리어 안타깝지만 저는 제 마음속에 있는 것을 입으로 끌

어 올릴 수가 없습니다. 저는 폐하를 사랑합니다만, 그 저 자식 된 도리로서 폐하를 사랑할 뿐입니다. 그 이상 도, 그 이하도 아닙니다.

리어 뭐가 어쩌고 어째? 네 말투를 고치는 게 좋을 것이야. 그러다가는 네 행운을 몽땅 놓쳐 버릴지도 모르니 말이 야. 자, 다시 한번 말해 보아라.

코딜리어 폐하, 아버님께서는 저를 낳아 주시고 길러 주시고 사랑해 주셨습니다. 저는 딸 된 도리로서 아버님 은혜에 보답하고자 아버님께 복종하고 아버님을 사랑하며 아 버님을 공경하고 있습니다. 만일 언니들이 아버님만 사 랑했다면 왜 시집을 갔을까요? 만일 제가 다른 사람과 결혼한다면 제 남편에게 제 사랑과 관심과 존경의 절반 을 줄 것입니다. 만일 제가 아버님만을 사랑한다면 절대 언니들처럼 결혼은 하지 않을 것입니다.

리어 진심으로 하는 말이냐?

코딜리어 그렇습니다, 폐하.

리어 너는 어린것이 왜 그리도 정이 없느냐?

코딜리어 폐하! 비록 제가 나이는 어리지만, 마음은 진실하 옵니다.

리어 그래, 좋다. 네 마음대로 해라. 그렇다면 너의 진실한 마 음을 지참금으로 삼아라! 태양의 성스러운 광명, 지옥의 마녀 헤카테의 비밀 의식과 밤의 암흑을 모두 다 걸고

맹세하겠다. 짐은 앞으로 너의 아비로서의 애정은 물론
이고, 부녀로서 맺은 인연과 핏줄을 모두 다 끊어 버리
겠다. 이제 너를 영원히 남으로 여길 것이다. 스키타이
의 야만족들은 자신의 식욕을 채우려고 자기 부모마저
마다하지 않고 잡아먹는다고 했다. 내가 널 딸자식으로
여기느니 차라리 그 야만적인 스키타이 놈을 품고 돌보
아 주는 편이 더 나을 것이다.

켄트 폐하!

리어 켄트 백작은 조용히 해라! 짐의 진노를 막지 말라. 짐은
막내딸을 가장 사랑해 왔다. 사실, 저 아이의 보살핌 속
에서 남은 생을 보내려 했다. (코딜리어를 향해) 이제 썩
물러가거라. 내 눈앞에 얼씬도 하지 마라! 이제 저 아이
와 부녀간의 정을 끊어 버렸다. 내 무덤만이 나의 진정
한 안식처가 되겠구나. 프랑스 왕을 불러라! 무엇 하느
냐? 당장 버건디 공을 불러라!

(한 궁신 퇴장)

리어 콘월과 올버니는 두 딸에게 준 지참금 이외에 셋째 딸
몫까지도 둘이서 함께 나누어 가져라. 코딜리어, 너는
솔직함이라고 부르는 너의 그 오만함과 결혼해라. 이제
나는 나의 권위와 권한, 그 밖에 왕위와 관련한 모든 영

예를 콘월과 올버니에게 완전히 넘겨주도록 하겠다. 짐은 그대들이 부담해 줄 100명의 기사를 데리고 한 달씩 번갈아 가면서 그대들의 집에 머무르고자 한다. 짐은 국왕의 명칭과 명예만 가지면서 통치권, 국고의 수입, 그 밖의 모든 권한의 행사를 내 사랑하는 사위들, 그대들에게 안전히 맡기겠다. 그 증거로 그대들에게 이 왕관을 내려줄 테니, 두 사람이 나누어 가지도록 해라.

(리어가 왕관을 두 사람에게 건네주려고 한다. 켄트는 이 상황을 도저히 참을 수 없어 요청한다.)

켄트 폐하, 신은 늘 폐하께 충절을 다 바쳐 왔습니다. 또 아버지를 모시듯이 폐하께 효심을 다 바쳐 왔습니다. 게다가 기도를 드릴 때면 위대한 보호자로 생각하며 잊지 않고 그 이름을 떠올려 왔습니다. 그러하오나…….
리어 이미 활시위는 당겨졌다. 자네가 과녁이 되지 않도록 하라!
켄트 차라리 그냥 쏘십시오. 제 심장에 화살촉이 박히게 하십시오. 폐하가 미쳤는데 이 켄트가 무례한들 어떻습니까.

(리어가 칼에 손을 댄다.)

켄트 늙은 왕이시여, 도대체 어쩌려고 그러시는 겁니까? 한 나라의 왕이 아첨하는 자들에게 무릎을 꿇는데, 신하가 그것을 두려워해 할 말을 못해서야 되겠습니까? 왕이 우둔함에 빠져 있을 때 진심 어린 충언을 하는 일은 신하로서 반드시 해야 할 의무입니다. 부디 폐하는 권한을 그대로 유지하십시오. 또 매사에 심사숙고하셔야 합니다. 경솔하고 지나친 이 행동을 당장 멈추도록 하십시오. 저는 제 목숨을 걸고 의견을 드립니다. 폐하의 막내딸의 효심은 다른 딸들에 비해 뒤지지 않습니다. 비록 조용한 목소리로 허황된 말을 하지 않았다고 진심이 사라지진 않습니다.

리어 켄트, 네 목숨이 아깝거든 당장 그 입 닥쳐라!

켄트 이미 제 목숨이야 폐하의 적에게 내준 담보물에 불과합니다. 폐하의 안위와 바꿀 수 있다면 언제라도 버리겠습니다. 폐하를 위해서라면 어찌 이 목숨을 아까워하겠습니까.

리어 당장 물러가라. 내 눈에 띄지 말라!

켄트 저를 자세히 보십시오. 폐하, 저는 폐하가 보시는 곳의 나침반이 되고 싶습니다.

리어 아폴로 신께 맹세하건만…….

켄트 진정 아폴로 신께 맹세합니다만……. 폐하께서는 헛된 맹세를 하고 계실 뿐입니다.

리어 이놈! 이 못된 놈! (또다시 칼에 손을 댄다.)

올버니 · 콘월 폐하, 참으십시오!

켄트 폐하는 병든 곳을 치료하는 의사를 죽이고, 더러운 병
에 대가를 지급하고 계십니다. 만일 폐하가 내리신 결정
을 거두지 않으신다면 제 목에서 소리가 나는 한 계
속 외쳐 댈 것입니다. 폐하의 잘못된 악행에 관해 말
이지요.

리어 이 비열한 놈, 잘 들어라! 만일 네놈에게 충성심이 조금
이라도 남아 있거든 짐의 명을 바로 들어라! 지금까지
네놈은 짐의 맹세를 깨뜨리려고 온갖 획책을 다 꾸몄다.
어디 그뿐이란 말이냐. 짐이 결정한 일에 대한 집행을
오만불손하게 모두 훼방을 놓았다. 이는 짐의 천성으로
나 지위로 보아 도저히 참을 수 없는 일이다. 왕의 권한
이 어떠한 것인지 합당한 대가를 치르게 해 주마. 이제
너에게 5일간의 여유를 주겠다. 그러니 세상의 재난을
피할 수 있도록 온갖 채비를 다 갖추어라. 6일째 되는 날
에는 혐오스러운 너의 등을 돌려 짐의 영토 밖으로 떠나
야만 한다. 만일 지금부터 열흘 뒤에도 짐의 영토 안에
서 네놈의 몸뚱어리가 발견되면 보이는 즉시 사형에 처
하도록 하겠다. 자, 당장 물러나라! 주피터 신께 맹세하
겠다. 짐은 이 명령을 절대로 철회하지 않겠다.

켄트 폐하께서 그토록 원하신다면 안녕히 계십시오. 여기에
저의 자유는 없습니다. 타국에나 있을 뿐이지요. 이 땅

이야말로 제게는 유배지에 지나지 않습니다. (코딜리어에게) 공주님께 신의 가호가 있기를 진심으로 바랍니다. 공주님이 생각하는 것은 실로 훌륭하고 당신의 말씀은 옳았습니다. (거너릴과 리건에게) 아무쪼록 두 공주님은 말씀하신 모든 일이 그대로 실행되고, 부디 그 말로부터 좋은 결실 보기를 바랍니다. 여러분, 이제 저는 작별 인사를 드리고자 합니다. 앞으로는 새로운 나라에서 제가 그동안 가졌던 소신을 그대로 지켜 나가겠습니다. (퇴장)

(트럼펫의 화려한 연주. 글로스터 백작이 프랑스 왕과 버건디 공작을 이끌고 등장. 시종들이 뒤따른다.)

글로스터 프랑스 왕과 버건디 공작께서 오셨습니다, 폐하.

리어 버건디 공작, 먼저 공작에게 묻겠소. 공작은 내 막내딸의 사랑을 얻기 위해서 프랑스 왕과 경쟁을 벌였소. 그러면 공작은 지참금으로 얼마나 요구하려고 하그 있소? 만일 지참금을 얻지 못하면 구혼을 그만두겠소?

버건디 폐하, 폐하께서 제시하신 것 이상으로는 절대 바라지 않습니다. 또 폐하께서 그보다 적게 주실 리도 없고 말입니다.

리어 버건디 공작, 내 막내딸이 귀하고 사랑스러웠을 때는 그랬소. 하지만 이제 딸아이의 값어치가 한참 떨어졌소.
저기 그 아이가 서 있소. 저 아이의 몸, 아니 저 아이의
몸과 마음을 다 합쳐도 짐의 불쾌함 빼고는 남은 게 없
소. 그래도 정 저 아이가 마음에 든다면 저 아이는 그대
의 것이오.

버건디 그 어떤 대답도 드리기가 힘들군요.

리어 저 아이는 부족한 점이 참 많소. 저 아이는 친구도 없고,
짐의 미움을 사고 있으며, 지참금으로는 짐의 저주밖에
없지. 게다가 짐은 저 아이와 남이 되려고 맹세까지 했소.
그런데도 저 아이를 받아들이겠소? 아니면 그만두겠소?

버건디 폐하, 용서하시옵소서. 이제 그런 조건으로는 도저히
선택할 수 없을 것 같습니다.

리어 그러면 그만두시오. 신께 맹세하건대 저 아이의 재산은
그게 다요. (프랑스 왕에게) 다음은 프랑스 왕 차례요. 그
대가 그동안 짐에게 베푼 우정을 생각한다면 짐이 미워
하는 딸아이와 결혼하라고는 도저히 요청하지 못하겠
소. 이제 친딸이라고 부르기조차 부끄러운 저 아이보다
더 훌륭한 짝을 만나기를 바라오.

프랑스 왕 참 이상한 일입니다. 얼마 전까지만 해도 폐하께
서는 애지중지하면서 칭찬을 아끼지 않으셨을 뿐 아니
라, 노년에 위로가 되어 줄 유일한 존재라고 칭송하시
던 공주님이 어떤 끔찍한 죄를 저질렀기에 지금까지 받

아 온 은총을 잃게 되셨단 말입니까? 그녀의 죄가 너무도 사악하고 끔찍한 것임이 분명해 보입니다. 만일 그게 아니라면 앞서 밝히신 폐하의 지극한 애정이 변질해 버린 것이겠지요. 제 이성적인 판단으로는 공주님께서 해괴망측한 죄를 저질렀다는 것이 도저히 믿어지지 않습니다.

코딜리어 (왕 앞에 무릎을 꿇으며) 폐하께 진심으로 간청드립니다. 저는 마음에 없는 것들을 번지르르하게 말하는 재주를 갖고 있지 않습니다. 저는 마음먹은 것이 있다면 말하기에 앞서 실천하는 버릇을 갖고 있습니다. 이것만은 꼭 밝혀 두시기 바랍니다. 폐하의 은총과 사랑을 잃어버린 것은 정말 안타까운 일입니다. 하지만 그 모든 것이 제가 살인을 저질렀거나 치명적인 흠을 저질렀기 때문이 아니라는 점, 또 부정한 행위나 천박한 행실 때문이 아니라는 점 말입니다. 다만 다른 사람의 눈치나 살피거나 알랑거리는 말재주를 갖고 있지 않았기 때문이라고 말씀해 주시기 바랍니다. 제가 그런 기이한 재주를 갖고 있지 않은 탓에 아버님의 총애를 잃은 것은 사실입니다. 하지만 저는 눈치나 살피면서 아첨이나 하는 사람보다는 오히려 그런 잔재주 없는 사람이 더 정직하다고 생각합니다.

리어 어쩜 이렇게 아비를 불쾌하게 만드는 것이냐. 너 같은 건 세상에 태어나지 말았어야 했어!

프랑스 왕 단지 그런 사소한 이유 때문입니까? 타고난 과묵함으로 말미암아 하려던 말을 내뱉지 않았기 때문이라는 겁니까? 버건디 공, 공작께서는 이 공주님을 어떻게 생각하십니까? 만일 이런저런 계산을 하려 한다면 그건 진정한 사랑이라고 할 수 없습니다. 공주님과 결혼하실 겁니까? 저는 이 공주님의 지참금은 그녀의 훌륭한 품성이라고 생각합니다만…….

버건디 폐하, 폐하께서 하사하겠다고 말씀하신 영토만이라도 제게 주십시오. 그렇게만 하신다면 저는 이 자리에서 코딜리어 공주님을 버건디 공작 부인으로 삼도록 하겠습니다.

리어 짐은 아무것도 줄 게 없소. 앞서 밝힌 짐의 맹세는 한 치도 변함이 없소.

버건디 (코딜리어에게) 그렇다면 참으로 유감입니다. 공주께서는 아버님뿐만 아니라 남편까지도 잃게 되었습니다.

코딜리어 버건디 공작님, 걱정하지 마세요! 저는 재산에 눈이 멀어 사랑이라 말하는 그런 사람의 아내가 되고 싶지 않습니다.

프랑스 왕 (코딜리어에게) 이 세상에서 가장 아름다운 코딜리어 공주, 당신은 비록 가난하지만 가장 부유한 사람입니다. 또 버림을 받았기에 더욱더 소중합니다. 멸시를 당했기에 더욱더 사랑스럽습니다. 당신과 당신의 높은 덕성을 제 손안에 넣고 싶습니다. (코딜리어의 손을 잡는다.)

버려진 것을 가졌으니 법적으로는 문제가 없겠지요! 아, 신들이여! 이상하게도 사람들이 차갑게 대하는 코딜리어를 향한 나의 사랑이 더욱 활활 불타오르그 있습니다. 폐하, 비록 지참금 없이 나에게 내던져졌즈만, 그대의 딸은 나의 아내이자, 나의 백성이자, 아름다운 프랑스의 왕비입니다. 아무리 넓은 영토를 가졌다그 하더라도, 아무리 버건디 공작들이 떼를 지어 몰려온다고 하더라도 내 소중한 코딜리어 공주를 나에게서 뺏지는 못할 것이오. 코딜리어 공주, 비록 저들이 몰인정하기는 해도 마지막 작별 인사는 드리도록 하시오. 공주는 더기에 있는 모든 것을 잃게 되었지만, 당신을 위한 더 좋은 곳이 기다리고 있소.

리어 프랑스 왕이여, 저 아이는 오로지 그대의 것이 오. 짐어게는 저런 딸은 없소. 이제 그 얼굴을 다시는 브고 싶지 않소. 그러니 당장 떠나시오. 짐은 두 사람에거 은혜도, 사랑도, 축복도 못 주겠소. 자, 갑시다. 버건디 곤.

(트럼펫의 화려한 연주. 리어, 버건디, 콘월, 올버니, 글로스터, 시종들 퇴장)

프랑스 왕 자, 언니들에게 마지막 인사를 전하시오.
코딜리어 아버님의 보물인 언니들! 저는 언니들 앞어서 눈돌을 흘리며 떠나겠어요. 저는 언니들의 속마음을 잘 알아요. 하지만 언니들의 잘못을 입 밖으로 드러내기는 싫어요. 그저 아버님을 잘 모시라는 말밖에 못 하겠네요. 언니들이 말한 대로 언니들의 아버님에 대한 사랑을 굳게 믿고 아버님을 맡겨 드립니다. 아, 아버님의 사랑을 잃지만 않았더라도 아버님을 더 좋은 곳에 모실 수 있었을 텐데……. 언니들, 부디 안녕히 계세요.

리건 이제 우리 일에 참견하지 마라.

거너릴 앞으로 네 남편이나 잘 모시도록 해. 너를 구제하신 분이니까. 너는 복종을 소홀히 했어. 네가 받은 푸대접은 어쩌면 당연한 일이지.

코딜리어 시간이 지나면 위선은 발각될 것입니다. 아무리 허물을 감추려고 해도 마침내 감추어진 잘못은 창피를 주고 말 거예요. 그럼 안녕히 계세요.

프랑스 왕 자, 이제 갑시다. 코딜리어 공주.

(프랑스 왕과 코딜리어 퇴장)

거너릴 할 말이 있어. 우리 둘과 직접 연관된 일이야. 아버님께서는 오늘 밤 이곳을 떠나실 거야.

리건 맞아요. 그건 그래요. 먼저 언니한테 가실 거예요. 다음 달에는 내게 오실 거고.

거너릴 너도 알다시피 아버님이 늙어서 그러신지 변덕이 죽 끓듯 해. 지금까지 우리가 본 것만 해도 한두 번이 아니잖아. 아버님은 항상 막내를 가장 사랑하셨는데, 성급한 판단력으로 그 아이를 내쫓아 버린 일은 정말 너무한 거 아니니.

리건 아마도 늙어서 노망이 들었기 때문일 거예요. 하긴 전에도 스스로에 대해서는 잘 모르는 분이셨잖아요.

거너릴 젊었을 때도 성질이 불같은 분이셨어. 하지만 이제 세월이 흐르고 흘러서 오랜 고질병에다가 노망까지 들어 버리니 제멋대로의 고집불통이 언제 어떻게 드러날지 예상할 수조차 없지 뭐야.

리건 켄트 공을 추방할 때처럼 우리도 언제 날벼락을 맞을지 몰라요.

거너릴 프랑스 왕과 아버님의 작별 인사가 길어지고 있는 것 같아. 우리 서로 마음을 합쳐 보자. 만일 아버님께서 좀 전처럼 망령이 들어 성급하게 권세를 부린다면 우리에게 유산으로 주신 영토나 권한이 오히려 더 큰 골칫덩어리가 될지도 모를 일이야.

리건 그건 앞으로 좀 더 신중하게 생각해 보도록 해요.

거너릴 우리도 무언가 수를 써야만 해. 하던 김에 말이야.

(두 사람 퇴장)

2장

(에드먼드, 편지를 들고 등장)

에드먼드 대자연이여, 나는 나의 여신인 그대의 법칙을 그대로 따르고 있다. 그런데 나는 무엇 때문에 고질적인 인습에 묶여 내 권리를 세상에 빼앗기게 되었단 말인가? 나는 형보다 1년 늦게 태어났다는 이유만으로 나의 정당한 상속권을 빼앗기고도 가만히 있어야 한단 말인가? 무엇 때문에? 내가 서자라서? 내가 미천한 출신이라서? 나는 준수하고 멋지며, 균형 잡힌 육체와 더불어 그 누구에게도 뒤지지 않는 고매한 심성이 있지 않은가. 정실 부인이 낳은 자식에 비해 뒤처지는 것은 무엇이란 말이냐? 왜 세상 사람들은 우리에게 천하다고 낙인을 찍지? 못나서? 사생아라서? 서자, 서자라고 말이야. 우리는 자연의 은밀한 본능에 의해 남의 눈을 속여 가며 야성적인 욕정에 못 이겨 생겨났지. 그러니 우리가 지루하고 피곤에 절은 잠자리에서 잠결에 생겨난 바보들보다 씨도 좋고 정기도 더 셀 게 아니겠는가? 자, 그럼 적자 에드거 형님이여! 난 당신의 땅을 차지해야겠다. 아버지는 적자에 못지않게 서자인 에드먼드도 사랑하신다. '적자'라, 참으로 멋진 말이군! 그런데 이 편지가 성공적으로 전

달되고 내가 세운 계획이 잘 이루어지면 서자인 나는 조
자인 형을 압도하게 될 것이다. 그다음 난 성장하고 번
성하게 될 것이다. 신들이여, 이제 서자들을 도와주소
서! (미리 준비한 위조 편지를 읽는 척하며, 아버지 글로스터를
기다린다.)

(글로스터, 놀란 모습으로 등장)

글로스터 켄트가 추방당했다면서? 프랑스 왕도 화가 나서 떠
났고? 폐하께서는 오늘 밤 떠나 버리셨다면서? 왕권을
나누어 주고 생활비만 받게 되셨다고? 이 모든 일이 갑
자기 벌어졌다고? 아, 에드먼드 아니냐? 무슨 일이냐?
무슨 소식이라도 있느냐?
에드먼드 (일부러 당황한 척 편지를 감추며) 아니에요. 다무 일도
아닙니다.
글로스터 아무 일도 아니라면서 너는 왜 편지를 감추고 있느
냐?
에드먼드 아버님, 무슨 말씀이신지 모르겠습니다.
글로스터 지금 무슨 편지를 읽고 있지 않았느냐?
에드먼드 아니에요. 아무것도 아닙니다, 아버님.
글로스터 아무것도 아니라고? 그러면 왜 그리도 당황하면서
호주머니 속에 편지를 집어넣었느냐? 아무것드 아니라

면 감출 필요가 없지 않느냐? 자, 어디 보자. 아무것도 없다면 안경을 쓸 필요도 없을 것이다.

에드먼드 용서해 주십시오, 아버님. 이 편지는 형님에게서 온 것입니다. 아직 다 읽지 못했습니다. 지금까지 제가 읽은 것으로 보아, 아버님께서는 보지 않으시는 게 나을 것 같습니다.

글로스터 당장 그 편지를 이리 다오.

에드먼드 (중얼거리며) 안 보여 드려도 그렇고, 보여 드려도 그렇고 화를 내실 게 뻔합니다. 제가 대강 읽어 보았는데 아버님께서 읽으시기에 적절하지 않습니다.

글로스터 그 편지 당장 이리 다오, 어서.

에드먼드 제가 형을 변호하는 것 같습니다만, 이건 형이 제 마음을 시험하려고 쓴 편지인 것 같습니다.

글로스터 (편지를 받아 들고 읽는다.) "노인을 공경하는 세상의 인습으로 말미암아 인생 최고의 시절이라고 할 청춘 시대를 보내고 있는 우리는 얼마나 괴롭고 고단하단 말인가. 우리가 받을 재산이 있더라도 지금은 묶여 있어 늙어서 받는다 한들 그때는 인생을 즐길 수 없을 것 아니겠는가. 노인들의 억압에 그대로 몸을 맡긴 채 굴복하는 일이 어리석고 부당하게만 여겨진다. 노인들이 세상을 지배하는 것은 그들에게 힘이 남아 있기 때문이 아니라 우리가 그것을 그대로 감내하고 있기 때문이다. 이 일에 관해 더 의논하고자 하니 내게로 와 다오. 만일 아버님께서 깨워 드릴 때까지 잠들어 계신다면 너는 아버지 수입의 반을 영원히 차지할 수 있을 것이다. 게다가 너는 내가 사랑하는 동생으로 편히 살게 될 것이다. 형 에드거가." 음, 음모로구나! '깨워 드릴 때까지 잠들어 계신다면 너는 아버지 수입의 반을 영원히 차지할 수 있다?' 내 자식 놈 에드거가! 그놈이 제 손으로 이것을 썼단 말이지? 그놈이 이런 일을 꾸밀 생각과 머리가 있었을까? 도대체 이 편지 언제 왔느냐? 누가 가져왔느냐?

에드먼드 아닙니다. 누가 가져온 게 아닙니다. 아버님, 그게 참 희한한 노릇입니다. 제 방 창문 안쪽에 던져져 있는 걸 제가 발견했습니다.

글로스터 네 형의 필체가 틀림없겠지?

에드먼드 편지 내용이 긍정적이었다면 형의 필체라고 말씀드릴 수 있을 것입니다. 하지만 편지 내용을 보자면 형의 필체가 아니었으면 좋겠습니다.

글로스터 바로 그놈의 글씨체다.

에드먼드 형의 글씨체이긴 합니다. 하지만 형이 이런 마음을 가졌을 리 없습니다.

글로스터 예전에도 이런 식으로 네 마음을 떠본 적이 있었느냐?

에드먼드 아닙니다. 한 번도 없었습니다. 하지만 아들이 나이가 차 성년이 되고 아버지가 노쇠하면, 아버지는 아들의 보호를 받아야 하고 아들은 아버지가 가진 재산을 관리하는 일이 당연하다고 말하는 것을 가끔 듣기는 했습니다.

글로스터 아, 이 나쁜 놈. 악당 같은 놈 같으니라고! 편지에 쓰여 있는 내용이 바로 그런 것이다! 발칙한 악당 놈 같으니! 교활한 짐승만도 못한 놈! 아니, 짐승보다 더 나쁜 놈이지! 이봐라, 어서 그놈을 찾아내라. 당장 그놈을 잡아 와라. 가증스러운 놈 같으니! 그놈은 어디 있느냐?

에드먼드 저는 잘 모르겠습니다, 아버님. 우선 화를 다스리시고 진정하십시오. 그러고 나서 형의 본심이 어떤 것인지 확증을 잡으실 때까지 형의 의도를 살펴보시는 게 좋을 듯싶습니다. 만일 형의 본심을 오해하시고 과격하게 행동하신다면 아버님 명예에 오히려 흠이 생길 게 뻔합니다. 형의 효심도 산산조각이 나 버릴 것입니다. 제가 형을 위해 이 목숨 걸고 맹세합니다. 형은 아버님에 대한 저의 효심을 시험하기 위해 이 편지를 쓴 것이지, 다른 위험한 의도나 속셈이 있어서 쓴 것은 아니라고 생각합니다.

글로스터 너도 그렇게 생각하느냐?

에드먼드 아버님만 괜찮으시다면 이 문제에 대해 저희 형제가 의논하는 것을 들으실 수 있습니다. 저희가 의논하는 것이 들리는 곳으로 아버님을 모시겠습니다. 아버님께서 그것을 직접 들으시고 확인하십시오. 당장 시간을 지체할 것 없이 오늘 밤에 말이에요.

글로스터 (독백하듯이) 그놈이 그렇게 흉악한 일을 벌일 놈은 아닐 텐데!

에드먼드 저 역시 그럴 리 없다고 생각합니다.

글로스터 나는 진심으로 저를 사랑하는 아버지인데 갈이다. 하늘이시여! 에드먼드, 당장 그놈을 찾아내서 그 속내를 알아내렴. 네 재주껏 말이다. 내 지위와 체통 따위는 아무래도 상관없다. 내 의심이 확실히 풀린다면 말이야.

에드먼드 빨리 찾아보겠습니다. 아버님, 방법을 찾는 대로 신속히 처리한 뒤에 알려 드리겠습니다.

글로스터 (중얼거리듯) 최근 들어, 일식과 월식이 동시에 일어난 것이 아무래도 불길한 징조로 보인다. 자연 과학의 이치를 가지고 지금까지의 일들을 자세히 설명헐 수 있겠지만, 어쨌든 인간 세계도 그 영향을 받아 재당을 당하고 있는 게 사실이다. 사랑이 식고, 우정이 깨지고, 형제간이 멀어지고 있다. 도시에는 폭동이, 시골에는 반란이, 궁정에는 반역이 일어나며, 부자간의 인연디 깨질 위기에 놓여 있다. 내 악당 같은 자식 놈에게도 그 징조가 나타나고 있는 거야. 아버지를 적대적으로 보는 자식 놈이 그 방증이지. 국왕은 자연스러운 본능에서 벗어나는 행동을 하고 있고, 아버지가 자식을 버리지 않는가. 아무튼 좋은 세상은 이미 다 지나갔다. 음모와 허위, 배신, 그 밖의 모든 파괴적인 재앙이 기승을 부리고 있다. 그것들이 우리 뒤를 죽을 때까지 쫓아다닐 것이다. 에드먼드야, 그 악당 같은 놈을 찾아내라. 너에게 손해될 일은 없을 거다. 조심스럽게 행동해라. 그나저나 고결하고 진실한 켄트 백작이 이 땅에서 추방당하다니. 정직함이 죄라고? 참, 이상한 세상이로군. (퇴장)

에드먼드 이것이야말로 세상에서 가장 어리석은 일 아니겠는가! 우리가 불운에 빠지는 것은 자초한 일인 경우가 대부분인데 해와 별, 달의 탓으로 돌리고 있으니 말이야. 우리는 필연적으로 악당이 되는 것이고, 하늘의 뜻으로 멍청이가 되는 것이며, 천체의 기운으로 나쁜 놈, 도둑놈, 배신자로 점지된다는 거야. 주정뱅이, 사기꾼, 간통범이 되는 일도 모두 다 하늘의 영향에 의해서란 거지. 또 잘못된 일은 모두 다 하늘의 섭리로 그렇게 됐다고 생각한단 말이야. 음탕한 기질도 별 하나의 탓으로 돌리고 있으니 참 희한한 면책 방법이 아닐 수 없도다! 우리 아버지는 우리 어머니하고 별자리 아래서 사랑을 나누었고, 나는 큰곰자리 아래서 태어났다. 그러니까 내 성미는 사납고 음탕한 것이 당연하단 말이지! 나 참, 이 서자가 태어날 때 하늘의 가장 순결한 처녀별이 반짝이고 있었다. 그렇다 해도 나는 이렇게 태어날 수밖에 없었을 것이다.

(에드거 등장)

에드먼드 아주 꼭 맞추어서 등장하는군! 옛 희극의 결말처럼 내 역할은 미쳐 버린 거지 톰처럼 한숨을 쉬면서 아주 우울한 표정을 지으면서 나오는 일이다. (아버지 글로스터의 흉내를 내며) 오, 이번 일식과 월식이 불화의 징조였도다! (슬프게 부른다.) 파, 솔, 라, 미.

에드거 에드먼드, 무슨 일이냐? 뭘 그리도 심각하게 생각하고 있느냐?

에드먼드 형님, 예전에 읽은 점성술의 예언을 생각하고 있었습니다. 일식과 월식 뒤에 무슨 일이 일어나는가 하고 말이에요.

에드거 넌 그런 것에도 흥미가 있었니?

에드먼드 불행하게도 거기에 쓰인 일들은 반드시 일어나니까요. 예를 들어 부자지간의 불화라든지, 죽음이나 기근, 오랜 우정의 파괴, 나라 안에서의 분열, 왕과 귀족에 대한 위협과 험담, 불필요한 의심, 친구의 추방 군대의 해산, 부부 관계의 파탄, 그 밖에 여러 가지가 더 있다고요.

에드거 네가 언제부터 점성술에 빠졌지?

에드먼드 형님, 언제 아버님을 마지막으로 뵈었지요?

에드거 그야 어젯밤이지.

에드먼드 아버님과 이야기를 오래 나누셨나요?

에드거 응, 두 시간 정도?

에드먼드 기분 좋게 헤어지셨나요? 아버님의 말하는 투나 안색으로 보아 역정이 나신 것 같지는 않았나요?

에드거 전혀 아니야.

에드먼드 아버님의 기분을 상하게 해 드리지 않았는지 잘 생각해 보세요. 진심으로 형님을 위해 부탁드리는 거예요. 당분간 아버님의 화가 식을 때까지 아버님을 만나지 마세요. 지금 아버님의 진노가 엄청나십니다. 형님에게 불똥이 튈지도 몰라요. 조금도 화가 누그러질 것 같지 않아요.

에드거 어떤 악당 놈이 나를 모함한 모양이구나.

에드먼드 저도 그게 걱정됩니다. 아버님의 화가 누그러질 때까지 아버님을 멀리하세요. 우선, 제 방에 가 계세요. 거기에 계시다가 적당한 때에 아버님이 말씀하시는 것을 들을 수 있는 곳으로 모실게요. 자, 가요. 이게 제 방 열쇠입니다. 외출하실 때는 반드시 무기를 갖고 나가세요.

에드거 뭐? 무기를 갖고 다니라고?

에드먼드 형님, 진심으로 형님을 생각해서 드리는 말씀입니다. 형님을 해치려는 사람이 없다고 한다면 제가 거짓말을 하는 거예요. 저는 제가 보고 들은 것만 말했을 뿐이에요. 아주 어렴풋하게만 말씀드려서 그렇지, 끔찍한 실상까지 모두 다 말한다면 도저히 입에 담을 수조차 없습니다. 자, 이제 가시지요!

에드거 금방 소식을 보내 줄 거지?

에드먼드 이번 일은 제게 모두 맡기시라니까요.

(에드거 퇴장)

에드먼드 쉽게 믿는 아버지에 착하기만 한 형이라니. 사실, 형은 남을 해칠 줄 모르고 남을 의심하지도 않는 사람이거든. 하지만 저런 형의 우직한 심성을 이용하면 내 계략이 성공하는 것은 시간문제야! 일은 다 끝난 셈이다. 출생으로 재산을 갖지 못할 바에야 꾀를 내서라도 움켜쥐어야만 해. 목적을 위해서라면 수단과 방법을 가릴 순 없지. (퇴장)

3장

(거너릴과 그녀의 집사인 오즈월드 등장)

거너릴 아버님의 광대를 꾸짖었다고 해서 아버님이 우리 기사들을 때렸다는 게 사실이야?

오즈월드 맞습니다, 마님.

거너릴 정말 밤낮으로 날 모욕하는군. 매시간 연달아 이런 어이없는 죄를 저질러 집안을 난장판으로 만들고 있어. 이제 더는 참을 수 없어. 아버님의 기사들은 점점 난리를 피우고 있고, 아버님께서도 사소한 일로 우리를 나무라신단 말이야. 이제부터 나는 아버님이 사냥에서 돌아오셔도 인사드리지 않을 거야. 내가 아프다고 전해라. 너도 이제부터는 아버님을 홀대해도 상관이 없다. 만일 일이 잘못되면 책임은 내가 질 테니까.

(안에서 뿔 나팔 소리가 들린다.)

오즈월드 폐하께서 오십니다. 소리가 들립니다.

거너릴 지친 듯이 게으르게 행동하렴. 너뿐만 아니라 모두 다 말이야. 아버님의 비위를 마구 건드려. 그때 뭐라고 하시면 나는 그걸 빌미로 삼아 이렇게 하는 게 못마땅하

시면 동생한테나 가시라고 해야겠다. 하지만 동생도 내
마음과 같으니 그냥 가만히 있지만은 않을 거야. 노인
이 노망을 부려도 정도가 있지. 우리에게 권력을 이양했
으면 그만이지, 언제까지 자신이 권력을 쥐고 휘두르겠
다는 거야? 노망난 늙은이는 갓난애나 마찬가지라니까.
아무리 비위를 맞춰 줘도 소용이 없어. 앞으로 그게 안
되면 가만히 있지만은 않겠어. 내 말을 잊지 마라.

오즈월드 네, 잘 알았습니다.

거너릴 아버님이 데리고 있는 기사들에게도 아주 쏠쌀맞게
굴렴. 문제가 생겨도 상관없어. 네 동료에게도 그렇게
알려주렴. 나는 이것을 트집 잡아 내가 마음속에 품었던
것들을 털어놓을 테니 말이야. 내 동생에게도 편지를 써
서 나처럼 하라고 알려 줄 거야. 이제 저녁을 준비하렴.

(두 사람 퇴장)

4장

(변장한 켄트 등장)

켄트 다른 사람의 말투를 흉내 내 나를 감출 수만 있다면, 내 모습을 감춰 가며 목적을 이룰 수 있을 텐데. 자, 추방된 켄트여. 너를 이 나라에서 추방한 폐하를 모실 수 있게 된다면 네가 사랑하는 주인님이 너의 마음을 알아줄 날이 반드시 다가올 것이다.

(뿔 나팔 소리가 들려온다. 리어가 사냥에서 돌아온다. 기사와 시종들이 뒤따르고 있다.)

리어 배가 고프구나. 조금도 기다릴 수가 없구나. 빨리 가서 저녁 준비를 시켜라.

(시종 한 사람 퇴장)

리어 아, 이건 뭐야? 넌 누구냐?
켄트 저는 그저 사람입니다.
리어 너는 뭐 하는 자냐? 짐에게 무슨 용무가 있는가?
켄트 저는 보시는 것처럼 사람입니다. 저를 믿어 주는 분께는 온몸을 불사르고, 정직한 분을 사랑하며, 현명하고 말수가 적은 분과 친교를 이루고 싶습니다. 또 하늘의 심판을 두려워하며, 피할 수 없을 때만 싸우는 사람입니다. 그리고 물고기를 먹지 않는 신앙심 깊은 영국인입니다.

리어 넌 도대체 누구냐?

켄트 아주 정직한 사나이이며, 몹시 가난한 사람입니다.

리어 왕이 가난한 만큼 네가 백성으로서 가난하다면 넌 정말 찢어지게 가난하겠구나. 그래, 네가 바라는 것은 무엇이냐?

켄트 봉사하고 싶습니다.

리어 누구에게 말이냐?

켄트 당신께 말입니다.

리어 나를 아는가?

켄트 잘 모르겠습니다. 하지만 당신의 얼굴에는 제가 기꺼이 모시고 싶은 그 무언가가 있습니다.

리어 그게 무엇이냐?

켄트 바로 위엄입니다.

리어 그래, 그럼 나를 어떻게 섬기고 싶은가?

켄트 저는 비밀을 굳게 지킬 수 있습니다. 말도 타고 달리기도 하고, 복잡한 이야기는 전달하는 데 어려움은 있지만, 알아듣기 쉬운 전갈은 분명히 전할 줄 압니다. 평범

한 사람들이 하는 일이라면 무엇이든지 할 수 있습니다. 저의 최대의 장점은 부지런한 것입니다.

리어 올해로 몇 살인가?

켄트 노래 잘 부르는 여자에게 홀릴 만큼 젊지는 않습니다. 여자라면 무턱대고 혼을 뺏길 만큼 그렇게 늙지도 않았습니다. 마흔여덟이 됐습니다.

리어 자, 나를 따라오너라. 자네가 봉사할 기회를 주겠다. 만일 저녁 식사를 마치고도 자네가 내 마음에 든다면 내 곁에 계속 둘 거야. 자, 저녁 식사를 내오너라! 식사 말이다! 아니, 내 시종 놈은 어디 갔지? 내 어릿광대는 어디에 갔고? 자, 그럼 광대를 이리로 불러오너라.

(시종 한 사람 퇴장)

(오즈월드가 왕 앞을 일부러 모른 체하며, 콧노래를 부르며 지나치려 한다.)

리어 여봐라! 네 이놈! 내 딸은 어디 갔느냐?

오즈월드 (멈추지 않고 대청을 가로질러 가며) 실례합니다만……. (퇴장)

리어 저 녀석이 뭐라는 거지? 저 멍청이를 이리로 불러라!

(기사 한 사람 퇴장)

리어 내 어릿광대는 어디에 있지? 이봐라! 온 세상이 잠에
빠진 것 같군.

(기사 한 사람 등장)

리어 그놈은 어디 갔나?

기사 폐하, 그가 말하기를 공작 부인께서 편찮으시답니다.

리어 그놈이 오지 않은 건 무슨 이유인가?

기사 이유가 무엇인지는 잘 모르겠지만, 오기 싫다고 합
니다.

리어 오기 싫다고?

기사 폐하, 자세한 사정은 잘 모르겠습니다. 다만, 제 생각으
로는 폐하를 모시는 태도가 예전과 달리 무례하고 불손
한 듯이 보입니다. 공작과 따님은 물론 식솔들까지 폐하
를 냉랭하게 대하는 것으로 보입니다.

리어 아니! 무엇이 어째?

기사 폐하, 소신의 판단이 잘못되었다면 용서해 주시기 바랍
니다. 하지만 폐하께서 불손한 예우를 받으시는 것을 보
고서도 입을 꽉 닫고 있는 건 신하로서 할 도리가 아니
지 않겠습니까?

리어 네 말을 들어 보니 뭔가 짚이는 데가 있다. 나도 요즘 아주 희미하게나마 나를 불친절하게 대하는 걸 느끼긴 했다. 하지만 그들이 다른 의도를 갖고 있거나 고의로 그렇게 굴 거라고는 생각하지 못하고 있었다. 다만, 나 자신이 너무 예민한 탓이라고 여기고 스스로 책망하고 있었을 뿐이었다. 자, 앞으로 더 자세히 살펴보자. 그런데 내 어릿광대는 어디로 갔느냐? 이틀 동안이나 보이지 않으니…….

기사 폐하, 막내 공주님께서 프랑스로 떠나신 뒤로는 어릿광대가 완전히 맥이 빠져 있습니다.

리어 그 이야기는 그만둬. 나도 그건 잘 알고 있으니까. 내 딸에게 가서 할 말이 있다고 전해라.

(시종 한 사람 퇴장)

리어 너는 가서 어릿광대를 불러오너라.

(다른 시종 퇴장. 오즈월드 등장)

리어 옳지, 마침 잘 왔다. 넌 나를 누구라고 생각하느냐?

오즈월드 주인마님의 아버님이십니다.

리어 (독하게 쏘아보며) 내가 주인마님의 아버지라고? 이런 종

놈아! 이 잡종 개야, 고얀 놈, 들개 같은 놈아!

오즈월드 (리어를 쏘아보며) 저는 그런 놈이 아니옵니다. 폐하, 죄송합니다.

리어 나를 그렇게 독하게 노려 봐? 이 바보 같은 놈다! (오즈월드를 때린다.)

오즈월드 저는 그냥 맞고 있지만은 않겠습니다.

켄트 이 발에 걸려도 넘어지지 않을 테냐? 이 비열한 축구 선수 같은 놈아! (다리를 걸어 오즈월드를 넘어뜨린다.)

리어 아주 잘했다. 넌 날 도와주었구나. 내가 바로 그런 걸 좋아한다.

켄트 당장 일어나! 꺼져! 이제 상하 구별이 무엇인지를 가르쳐 주마. 당장 사라져! 네놈이 땅에 다시 고꾸라지고 싶지 않거든. 당장 꺼지라고! 자, 이쯤이면 네놈도 상황 파악을 못 하지는 않겠지?

(오즈월드 퇴장)

켄트 그렇지, 그래.

리어 고맙네. 정말 친절하군그래. 자, 봉사에 대한 작은 선물이다. (켄트에게 돈을 준다.)

(광대 등장)

광대 나도 저 사람을 쓰고 싶네. (켄트에게 모자를 건네며) 내
수탉 모자를 줄게.

리어 (광대에게) 그래, 이 귀여운 놈! 기분은 어떠냐?

광대 (켄트에게) 이것 봐, 내 수탉 모자를 쓰는 것이 더 좋
겠다.

켄트 광대야, 왜?

광대 왜냐고? 인기가 떨어진 사람 편을 드니까 그렇지. 사실,
바람 부는 대로 흘러가지 않으면 넌 머지않아 웃지도 못
하게 되고 감기에 걸리게 될 거야. 자, 이 광대 모자를 받
아! 저분은 딸을 둘이나 쫓아내고 셋째 딸에게는 본심
이 아닌 축복을 내려주었단 말이야. 네가 저분을 쫓아다
니려면 반드시 내 수탉 광대 모자를 써야 해. (리어에게)
안 그래요, 아저씨? 그나저나 광대 모자 둘에다, 딸도 둘
이 있었으면 좋겠다.

리어 왜, 이 녀석아?

광대 딸들에게 재산을 다 주어도 내 수탉 모자만은 내가 가
질 수 있으니까. 이건 내 거야. 당신도 이게 갖고 싶으면
딸들에게 구걸해 보라고.

리어 말조심해, 이놈아! 매 맞아, 알지?

광대 진실은 개 같은가 보지요? 매 맞고 들판으로 쫓겨나고.
그러니 알랑방귀나 뀌는 마님께서는 난롯불 옆에 서서
구린내만 풍긴다 이 말씀이에요.

리어 저 어릿광대 말이 내 가슴을 후비는구나!

광대 (켄트에게) 이것 봐. 내 한마디를 가르쳐 주지.

리어 한번 말해 보렴.

광대 한번 잘 들어 보시라고요, 아저씨. (노래한다.)

　　가진 게 있다고 해서 다 보이지 말라.

　　알고 있는 게 있다고 해서 다 말하지 말라.

　　가진 것을 다 빌려주지 말라.

　　걷는 것보다는 말을 자주 타라.

　　많이 들었더라도 알기를 게을리하지 말라.

　　한 번에 승부를 많이 걸지 말라.

　　술과 여자를 가까이하지 말고

　　집 안에 처박혀 있어라.

　　그러면 열의 두 곱인 스물이 되고

　　더 많은 것을 챙기게 되리라.

켄트 쓸데없는 소리잖아, 이 광대야!

광대 하긴 무료 변호사의 말씀 같은 거지. 나에게 아무것도 준 게 없잖아. 아저씨, 가진 게 없으면 아무것도 안 생기려나?

리어 그럼, 이놈아! 가진 게 없으면 아무것도 안 생겨

광대 (켄트에게) 제발 저 사람에게 말 좀 전해 줘요. 저분 땅의 소작료가 그 지경이 되었다고 말이에요. 저분이 내 말을 도무지 믿지 않으니까요.

리어 신랄한 말을 지껄이는 광대로다!

광대 그대는 아는가? 신랄한 광대와 친절한 광대의 차이를?

리어 나는 모른다. 내게 가르쳐 다오.

광대 (노래한다.)

당신 땅을 주어 버리라고

조언한 신하가 있다면

내 곁에 즉시 대령하라.

만일 없다면 그대가 그 사람 역을 할지어다.

친절한 광대와 신랄한 광대가

당장 나타나리라.

얼룩 옷을 입은 친절한 광대는 이쪽이요. (자기 자신을 가

리킨다.)

신랄한 광대는 저쪽이로세! (리어를 가리킨다.)

리어 이놈아, 날 광대라고 하는 거냐?

광대 다른 칭호는 모두 다 주어 버렸잖아요. 가진 것이라곤

광대뿐인걸.

켄트 폐하, 이놈은 어릿광대라고만 할 수 없겠는데요.

광대 지당한 말씀이로다. 어디 훌륭한 영주나 양반들이 나

혼자 광대 노릇을 하게 내버려 둬야 말이지. 나는 나 혼

자 광대 전문가가 되려 한다고. 그런데 그들도 끼겠다고

야단법석을 떨지 뭐야. 부인들도 그렇고. 나 혼자 광대

짓을 하게 내버려 두지 않는다 이 말이오. 나에게 달려

들어서 이리저리 낚아채 간단 말이오. 아저씨, 달걀 하나만 줘요. 그러면 왕관 두 개를 줄게.

리어 무슨 왕관이 두 개란 말이냐?

광대 그야 달걀 가운데를 잘라서 노른자를 먹으면 달걀 껍데기 왕관이 두 개가 된단 말이에요. 당신이 왕관을 둘로 쪼개어 모두 다 남을 주고 나서 당신이 탈 당나귀를 등에 짊어지고 진창 속을 걸어 들어간다 이 말입니다. 그러니까 금관을 남에게 주어 버린 것은 대머리 속에 지혜가 없어서라고. 내가 바보 같은 말을 지껄인다고 맨 처음 발견한 놈이야말로 매로 다스려야 한다고. (노래한다.)

올해는 바보의 실속 없는 해
똑똑한 이들이 바보가 되어
지혜가 모두 다 사라져
하는 짓이 모두 다 등신 같군.

리어 이봐, 너는 언제부터 그렇게 많은 노래를 부르게 됐지?

광대 아저씨, 당신이 딸들에게 어머니 역할을 시켰을 때부터 연습했지. 당신이 그때 딸들에게 회초리를 주고 때려 달라며 바지를 내렸으니까. (노래한다.)

그때 갑자기 그들은 기뻐서 울었다.
하지만 그때 나는 슬퍼서 노래했네.
훌륭한 왕이 바보들과 술래잡기를 하며

바보들 패거리에 끼어 있노라.

아저씨, 당신의 광대에게 거짓말을 가르쳐 줄 선생님을 붙여 줘요. 난 정말로 거짓말을 배우고 싶어 미칠 지경이야.

리어 네가 거짓말을 하면 매질을 하겠다.

광대 난 당신과 당신 딸들이 정말 피붙이일까 궁금해. 당신 딸들은 내가 진실을 말하면 매질하려 드니까. 당신도 내가 거짓말을 하면 매질하겠다며. 게다가 내가 말을 안 하면 안 한다고 때릴 테지? 나는 이제 광대 짓 빼고 아무거나 해야겠어. 그렇다고 아저씨! 당신처럼은 되고 싶지 않아. 아저씨는 지혜의 양쪽 끝을 잘라 버리고 가운데는 텅 비어 버렸거든. 저기 잘라 낸 것 가운데 하나가 들어오네.

(거너릴 등장)

리어 무슨 일이냐, 내 딸아! 왜 그렇게 눈살을 찌푸리는 거냐? 넌 요즘 항상 얼굴을 찡그리고 있는 것만 같구나.

광대 딸이 얼굴을 찡그려도 아무 신경을 쓰지 않을 때, 그때 당신은 참 멋진 사람이었는데……. 이젠 그냥 영점이 됐구먼. 이제는 당신보다 내가 더 나은 것 같은데. 나는 광대지만 당신은 그냥 아무것도 아니니까. (거너릴에게) 네, 입을 다물겠어요. 그냥 말씀은 안 하셔도 표정만으로 알 수 있으니까요. (노래한다.)

쉿, 쉿!

세상의 모든 일이 싫증이 나서

빵 껍질, 빵 부스러기를 다 버린 사람도

배고프면 그걸 먹어야만 해.

(리어를 가리키며) 저분은 알맹이가 없는 콩깍지에 불

과해.

거너릴 아버님, 무슨 말을 지껄이더라도 상관없는 이 광대뿐

만 아니라 아버님께서 데리고 계신 무례한 시종들이 걸

핏하면 소란을 피우고 트집을 잡으며 싸워 대니 도저히

참을 수가 없습니다. 그래서 아버님께 이 일을 말씀드려

앞으로 이런 일이 일어나지 않도록 뿌리 뽑을 방법을 마

련해 놓아야겠다고 생각하고 있었습니다. 그런데 최근

에 아버님이 하시는 언행을 보면 그런 무례한 행동을 보

호할 뿐만 아니라 오히려 부추기시는 것 같아 심히 두렵

습니다. 만일 그런 일이 사실이라면 아버님도 비난을 면

치 못할 것입니다. 또 저희도 가만히 있을 수만은 없습

니다. 나라의 안위를 위해 마땅한 조처를 해야 하는데

저희가 그렇게 조치하면 아버님의 진노를 사겠지요. 하

지만 불가피한 경우에는 어쩔 수 없는 결단을 내릴 것이

고, 그러면 세상 사람들도 저희의 결정을 인정해 줄 것

이라 생각합니다.

광대 아저씨는 알고 계시니까 하는 말이야. (노래한다.)

　　오랫동안 지빠귀가 뻐꾸기 새끼를 먹여 주었더니

　　그 뻐꾸기 새끼가 지빠귀의 머리통을 뜯어 먹었다네.

　　그래서 촛불은 꺼지고, 우리에게 남은 건 암흑뿐이로세.

리어 넌 나의 딸인가?

거너릴 원래 아버님께서는 지혜로우신 분이에요. 훌륭한 지혜를 앞으로도 잘 활용하세요. 아버님답지 않은 노망든 행동은 제발 그만두세요.

광대 어떤 바보라도 마차가 말을 끌고 갈 때는 알아채겠지. 아, 아줌마! 난 당신에게 반했어.

리어 여봐라, 누가 날 알겠는가? 난 리어가 아니다. 리어가 이렇게 걷더냐? 이렇게 말을 하더냐? 리어의 눈은 어디에 있는가? 이해력이 떨어졌거나 분별력이 사라졌거나 둘 중 하나다. 이게 생시냐? 아니, 꿈일 거야. 내가 정말로 누군지 말해 줄 사람은 어디 없느냐?

광대 리어의 그림자다!

리어 그걸 알고 싶다. 왕권의 표상, 지식, 이성으로 판단하건대 나에게 딸들이 있었다는 게 잘못된 생각 같구나.

광대 딸들은 결국 아버지가 순종하게 할 거예요.

리어 아름다운 부인이여, 당신 이름은 무엇이오?

거너릴 폐하, 그렇게 딴청을 부리시는 일도 요즘 아버님께서 새롭게 하시는 장난 같은 거예요. 제발 제가 한 말뜻을 제대로 이해해 주세요. 이제 아버님은 존경받을 나이예요. 그러니까 체통을 지키시고 분별력을 키우셔야만 해요. 아버님은 100명의 기사와 시종을 거느리고 계신 분입니다. 그런데 그들이 얼마나 무질서하고 음탕하고 거만한지 모릅니다. 그들이 이 궁궐 안에서 난잡하게 노는 바람에 궁궐은 그 자체로 너절한 여인숙이 되고 말았습니다. 술과 여자로 매일 들썩거리니, 훌륭한 궁궐이 술집이나 유곽(성매매 업소)처럼 되고 말았지요. 이런 창피한 일을 반드시 바로잡아야 해요. 그러니 시종을 제발 줄여 주세요. 저희의 요청을 거부하신다면 저희 마음대로 결단을 내리겠습니다. 나머지 시종들도 아버님 연세에 맞게, 처지를 잘 이해하는 사람들로만 꾸려야 한다고 생각합니다.

리어 (격분하며) 이 천하의 못된 것아! 당장 말에 안장을 달아라. 그리고 시종들을 모두 불러라! 이 천하의 못된 년 같으니. 이제 나는 더는 네 신세를 지지 않을 것이다. 내게는 다른 딸이 하나 더 있다고.

거너릴 심지어 아버님은 저의 사람들을 때리기도 하셨지요. 그걸 본받은 아버님의 패거리는 상관을 마치 하인처럼 취급하고 있습니다.

(올버니 등장)

리어 지금 때늦게 후회한다 해도 소용없지! (올버니에게) 오, 공작! 왔소? 이게 자네의 뜻인가? 말해 보게! 그래, 내 말을 준비하라. 배은망덕한 것, 너는 돌처럼 차가운 가슴을 가진 악마로구나. 네가 딸자식의 거죽을 쓰고 나타나다니. 바다의 괴물보다도 더 흉측하구나!

올버니 폐하, 제발 고정하십시오.

리어 (거너릴을 노려보며) 이 흉악한 솔개야! 거짓말 마라! 내 시종들이야말로 내가 신중하게 골라서 뽑은 사람들이다. 그들은 자기들의 본분이 무엇인지 아주 잘 알고 있고, 스스로 품위를 존중하는 사람들이다. 아, 아주 작은 허물이여! 코딜리어에게서는 그 작은 허물이 얼마나 흉측스럽게만 보였던가! 그 작은 허물은 타고난 심성을 비틀어, 내 마음속에서 사랑을 모조리 뽑아 버리고 증오심만 갖게 했구나. 오, 리어, 리어, 리어! 어리석은 생각을 불러들이고 (자신의 머리를 친다.) 소중한 판단력을 쫓아낸 이 문을 부수어라! (안을 향해) 자, 가라! 내 시종들아!

(기사들과 켄트 퇴장)

올버니 폐하, 저는 아무 죄가 없습니다. 왜 노하신 건지 저는 잘 모르겠습니다.

리어 경은 그럴지도 모르지. 내 말 잘 들으라. 대자연의 여신이여. 내 말을 잘 들으라, 대자연의 여신이여. 아주 잘 들어라! 만일 이것의 몸에 자식을 낳게 할 작정이면 그 뜻을 바꾸어라. 제발 이것을 불임으로 만들어라. 저것의 몸 안에 있는 생식 기능을 완전히 없애라. 저것의 썩은 육체가 어미가 되지 못하도록 아이를 절대 못 낳게 하라! 만일 애를 낳게 된다면 미움으로 똘똘 뭉쳐진 아이를 낳게 하라! 그래서 그 자식이 자라 저것에게 두고두고 한평생 불효의 고통을 주게 하라! 그 자식으로 말미암아 젊은 이마에 주름이 잡히게 하고, 끊임없는 눈물이 흘러내려 두 뺨에 고랑이 패게 하라. 어미로서의 모든 고생과 사랑이 비웃음과 멸시로 보답받게 하라! 부모에 대한 은혜를 모르는 자식을 두는 것은 날카로운 독사의 이빨에 물리는 것보다 더 아프다는 걸 느끼게 하라! 자, 떠나자! (황급히 퇴장)

올버니 도대체 무슨 일이오?

거너릴 이유를 알려고도 하지 마세요. 아버님이 노망이 드셔서 그러니 자기 멋대로 하게 내버려 두세요.

(리어, 광란의 상태로 다시 등장)

리어 뭐? 2주도 지나지 않았는데, 내 시종 50명을 잘랐다고?

올버니 무슨 일이십니까, 폐하?

리어 자, 이야기해 주지. (거너릴에게) 이런 망측한 것! 정말 못나고 못됐구나. 저 망할 것 때문에 내가 이런 병신 꼴이 되다니. 뜨거운 눈물을 막을 수가 없구나. 너 같은 건 염병이나 걸려 죽어라! 이 아비의 저주가 몸 안으로 깊숙이 파고들어 치료할 수 없는 상처가 될 것이다! 어리석은 눈아, 이 일 때문에 네가 또다시 눈물을 흘린다면 내 너를 후벼 뽑아 흘리는 눈물과 함께 땅에 내동댕이칠 것이다. 아, 나는 왜 이 지경이 되었단 말인가? 아, 그래도 괜찮다. 내게는 또 하나의 딸이 있어. 그 아이는 친절하고 어지니까 반드시 나를 잘 보살펴 줄 거다. 만일 너의 이런 소식을 전해 듣는다면 그녀는 너의 얼굴을 마구 할퀴어 댈 게 분명하다. 넌 내가 영원히 버렸다고 생각했던 예전의 위엄을 다시 보게 될 것이다. (퇴장)

거너릴 보셨지요?

올버니 거너릴, 나는 당신을 진정으로 사랑하고 있지만, 무조건 당신 편만 들 수는 없소.

거너릴 가만히 있어 봐요. 이것 보세요. 오즈월드, 이리 와요! (광대에게) 어서 너의 주인을 따라가거라. 넌 광대가 아니라 악당이야.

광대 리어 아저씨, 아저씨! 잠깐만 기다려요. 이 어릿광대를 데리고 가야지요. (노래한다.)
사로잡고 보니 여우가 아닌가.

여운 줄 알았더니 딸년이 아닌가.

목을 매달아야 하는데

내 모자를 팔아 밧줄을 살 수만 있다면…….

그럼 광대도 뒤를 따라가야지요. (부산히 사라진다.)

거너릴 아버님에게 조언해 드렸어요! 기사를 100명이나 두다니요. 무장한 기사를 100명씩이나 두고 있다는 것은 어찌 보면 신중하고 안전한 방책이긴 해요. 맞아요. 하지만 이상한 꿈을 꾸거나 부질없는 소문을 듣거나 변덕이나 불평불만이 절정에 도달한다면 아버님은 자신의 노망과 기사들이 가진 힘으로 우리 목숨을 좌지우지할 수 있단 말이에요. 오즈월드, 내 말 안 들려?

올버니 음, 아무리 그래도 당신 근심이 지나친 것인지도 모르오.

거너릴 지나치게 믿는 것보다 안전한 건 없지요. 큰일을 당할까 봐 걱정하느니 해악을 뿌리 뽑아 버리는 게 좋아요. 저는 아버님의 속마음까지 다 잘 알아요. 아버님이 말씀한 것을 동생에게 편지로 전달했어요. 내가 아버님의 부당한 점을 밝혔는데도 만일 동생이 아버님 편을 들며 100명의 기사를 부양한다면…….

(오즈월드 등장)

거너릴 어떻게 되었지, 오즈월드? 동생에게 보낼 편지는 썼
는가?

오즈월드 네, 썼습니다.

거너릴 함께 갈 사람을 거느리고 말을 타고 떠나거라. 내 걱
정거리를 동생에게 충분히 설명해야 해. 믿음을 주기 위
해서라면 거기에 자신의 의견을 덧붙여도 좋아. 어서 떠
나. 그리고 이른 시일 안에 돌아와.

(오즈월드 퇴장)

거너릴 안 돼, 안 돼. 당신의 온화한 태도를 나무라고 싶지는
않아요. 하지만 당신은 공격을 당해도 부드러운 성품 때
문에 칭찬은커녕, 분별력이 부족하다는 비난을 더 많이
받게 될 거예요.

올버니 당신이 어디까지 나를 꿰뚫어 보는지 잘 모르겠소.
하지만 더 잘하려다가 일을 망치는 수가 있다는 걸 명심
하시오.

거너릴 글쎄요, 그렇다면…….

올버니 자, 좋아요. 상황을 두고 봅시다.

(두 사람 퇴장)

5장

(리어, 켄트, 광대 등장)

리어 (켄트에게) 너는 이 편지를 가지고 콘월 공작어게로 가라. 내 딸이 이 편지에 대해 물으면 그것만 대답해라. 하지만 더는 말하면 안 된다. 빨리 가지 않으면 너가 먼저 도착할지도 모른다.

켄트 편지를 전달할 때까지 한잠도 자지 않겠습니다. (퇴장)

광대 사람의 머리가 발뒤꿈치에 달려 있다면 동상에 걸릴 위험이 있지 않나요?

리어 물론 그렇지.

광대 그럼 기뻐해요. 당신의 지혜라면 동상이 걸렸다고 해서 실내화를 신지는 않을 테니까.

리어 하하하!

광대 당신의 다른 딸은 당신을 친절하게 대접할 테니 말이에요. 하지만 능금과 사과가 닮았듯이 자매는 꼭 빼닮았거든요. 나도 알 건 잘 안다고요.

리어 뭘 안다는 거야, 이놈아?

광대 능금 맛이 다 똑같듯 두 따님은 쌍둥이 같아. 당신은 왜 사람의 코가 얼굴 한가운데에 붙어 있는지 알아요?

리어 잘 모르겠는데.

광대 코 양쪽에 눈을 두기 위해서예요. 코로 냄새를 맡지 못
할 때면 눈으로 알아볼 수 있으니까요.

리어 (코딜리어를 떠올리며 독백) 막내딸한테는 내가 잘못했어.

광대 굴 껍데기가 어떻게 만들어지는지 알아요?

리어 몰라.

광대 저도 몰라요. 하지만 달팽이가 왜 등에 집을 지고 가는
지는 잘 알지요.

리어 왜?

광대 그렇게 해야 자기 머리를 감출 수 있으니까요. 딸들에
게 집을 내주면 자기 뿔을 감출 껍데기가 없어지잖아요.

리어 (번민하며) 아비로서의 나의 본성을 잊자. 그토록 딸만
생각했던 다정한 아비였건만! 말은 준비되었느냐?

광대 멍청이 하인들이 지금 준비하러 갔어요. 북두칠성은 왜
별이 일곱 개밖에 없는지 그 까닭은 아주 재밌어요.

리어 그거야 여덟 개가 아니니까?

광대 맞아요. 당신도 멋진 광대가 될 수 있겠네요.

리어 (번민하며) 이제 강제로라도 되찾아야만 해! 이 괴물 도
깨비 같으니!

광대 아저씨, 아저씨가 내 광대였다면 이미 늙은 죄로 아저
씨를 때려 주었을 거예요.

리어 그건 왜 그렇지?

광대 아저씨가 똑똑해지기 전에 늙으면 안 되니까.

리어 (번민하며) 오, 친절한 하늘이여. 나를 미치게 하지 말라. 제발 미치게 하지 말라! 정신을 잃고 싶지 않다. 나는 미치고 싶지 않다.

(시종 한 사람 등장)

리어 어떻게 되었나? 말은 준비되었나?
시종 네! 준비되었습니다, 폐하!
리어 그럼, 가자.
광대 (관객에게) 내가 갈 때 웃고 있는 멍청한 처녀들은 머지않아 처녀성을 모두 잃어버릴 거야. 사내의 물건들이 다 잘려 나가지 않는다면 말이야.

(왕을 선두로 해 모두 퇴장)

King Lear

1장

(에드먼드와 큐란이 각각 반대편 문에서 나와서 만난다.)

에드먼드 안녕하세요, 큐란.

큐란 안녕하시오? 지금 당신의 아버님을 뵙고 콘월 공작과 리건 부인께서 오늘 밤 이곳으로 오신다고 알려 드렸습니다.

에드먼드 무슨 일이신가요?

큐란 글쎄, 나도 잘 모르겠소. 떠도는 소문은 들으셨나요? 풍문으로 떠도는 소문 말이에요. 물론 소문이라야 귓전을 스치는 아주 가벼운 뜬소문입니다만.

에드먼드 저는 못 들었습니다. 어떤 소문이길래…….

큐란 앞으로 들으실 겁니다. 그럼 안녕히 계시오. (퇴장)

에드먼드 오늘 밤 공작이 여기로 온다? 아주 잘됐네. 일이 착착 맞아떨어지는군! 이거야말로 구름이 바람을 만난 격이지. 아버님은 형을 잡으려고 보초를 세워 두었겠다. 내가 해결해야 할 골치 아픈 일이 하나 있기는 하지만 말이야. 그걸 빨리 해결해야 해. 행운이여, 날 도와 다오! 형님, 할 말이 있어요! 빨리 이리로 내려오세요! 형님, 할 말이 있다고요! 빨리 이리로 내려오시라니까요! 형님, 어서요!

(에드거 등장)

에드먼드 아버님이 감시하고 계세요. 형님, 빨리 달아나세요! 비록 형님이 여기 숨어 있다는 게 발각되긴 했지만, 지금은 밤이라 어둠을 이용할 수 있어요. 형님, 콘월 공작을 험담하신 적이 있나요? 오늘 밤 여기로 공작께서 리건 부인과 함께 오신대요. 혹시 그분 험담을 하신 적은 없지요? 아주 잘 생각해 보세요.

에드거 전혀 그런 일을 한 적이 없다.

에드먼드 자, 아버님이 오시는 소리가 들려요. 죄송해요. 눈속임으로 칼을 뽑아 형님을 치는 시늉을 할 테니 형님도 칼을 빼서 방어하는 척하세요. 자, 싸우는 겁니다.

(두 사람이 칼을 뽑아 싸우는 시늉을 한다.)

에드먼드 (큰 목소리로) 항복해! 아버님 앞에 썩 나와라. 횃불을 가져와라! 어서, 여기다! (작은 목소리로) 달아나요, 형님! (큰 목소리로) 횃불, 횃불!

(에드거 퇴장)

에드먼드 (작은 목소리로) 어서 잘 가세요. 내가 피를 흘려야 격렬하게 싸운 것처럼 보일 거예요. (소매를 걷어붙이고 나서 팔에 상처를 조금 낸다.) 주정뱅이들은 이것보다 더 심한 장난을 한다던데……. (큰 목소리로) 아버님, 아버님! 거기 서, 도망가지 마! 나를 도와줄 이는 없느냐?

(글로스터와 횃불을 든 하인들 등장)

글로스터 아이고, 에드먼드! 악당 놈은 어디에 있는가?

에드먼드 날 선 칼을 빼 들고 여기 어둠 속에 서 있었습니다. 이상한 주문을 중얼거리며, 달에게 행운을 빌어 달라고 하더군요.

글로스터 그 악당 놈이 어디에 있지?

에드먼드 자, 보세요. 아버님, 이 피를…….

글로스터 나쁜 악당 놈, 그놈은 어디 있어? 에드먼드?

에드먼드 저리로 달아났습니다. 하다 하다 안 되니까 말이지요.

글로스터 쫓아라, 어서! 절대 놓치지 마라.

(몇몇 하인 퇴장)

글로스터 '하다 하다 안 되니까'가 무슨 뜻인가?

에드먼드 아버님을 살해하자고 저를 설득했습니다 하지만

저는 아버님을 살해하면 복수의 신들이 벼락을 내릴 것
이라고 했습니다. 또 부자지간의 피가 얼마나 진한지,
그 사이는 아무리 끊으려고 노력해도 끊을 수 없다는 사
실을 말해 주었습니다. 그랬더니 결국 형은 제가 걸려들
지 않는 것을 알아차리고, 미리 준비한 자신의 칼로 무
방비 상태인 저에게 달려들어 제 팔을 찔렀습니다. 하지
만 사생결단을 내리고 덤비는 제 기세에 풀이 꺾였는지,
제가 지른 소리에 질겁했는지, 형은 황급히 도망을 쳤습
니다.

글로스터 아무리 뛰어도 내 손바닥 안이지. 이 나라에 있는
한 반드시 잡아내고야 말 테다. 그놈을 잡아 오면 당장
죽여 버리겠다. 나의 주인이며, 나의 소중한 은인인 공
작께서 오늘 밤 여기로 오신다. 그분의 권한을 빌어서
공포할 것이다. 흉악한 살인마를 찾아내어 형장으로 끌
고 오는 자는 상을 내릴 것이고, 그를 숨겨 주는 자는 죽
여 버리겠다고 말이야.

에드먼드 형에게 그 간교한 계획을 중지하라고 해 보았습니
다. 하지만 전혀 듣지를 않았어요. 그래서 저도 화가 치
밀어서 형을 공격했지요. 형이 벌이고 있는 그 간계를
모두 폭로하겠다고 말이에요. 그랬더니 "상속도 받지
못할 이 서자 놈아, 내가 널 몰아세우면 네가 아무리 믿
음이 있고 덕행이 바르며 유능하다고 해도 세상 사람들

이 네 말을 믿을 줄 아느냐? 암, 내가 아니라고 부정하는 날엔 네가 내 글씨체를 증거로 내놓더라도 이 모든 것이 너의 간계에 의한 것이라고 뒤집어씌울 것이다. 만일 내가 죽는다면 너에게 큰 이익이 돌아오는데 네가 날 죽이려는 분명한 이유가 그것이라는 것을 세상 사람들이 모를 거라고 생각하느냐? 세상 사람들을 너무 멍청이로 여기지 마라." 하고 대답했답니다.

글로스터 아, 이 고약한 악당 같으니라고! 그래, 그 편지 내용까지 부정한단 말이냐? 그놈은 내 자식이 아니다.

(안에서 우렁찬 트럼펫의 행진곡이 들려온다.)

글로스터 저 소리는 공작이 왔다는 것을 알리는 나팔 소리로구나! 왜 공작님이 오시는지 모르겠다. 모든 항구를 다 막아 버릴 테다. 이제 그놈은 독 안에 든 쥐란 말이다. 공작께서도 그걸 허락해 주실 거다. 또 그놈의 얼굴이 담긴 그림을 사방에 보내서 모든 땅에 그의 인상착의를 알릴 것이다. 나의 땅은 충직하고 효심이 지극한 네가 상속받을 수 있도록 해 놓겠다.

(콘월 공작과 리건 부인 및 기타 시종 등장)

콘월 도대체 어떻게 된 일이오, 백작? 내가 이곳에 도착하니, 이상한 소문이 들리던데.

리건 그 소문이 사실이라면 엄벌해도 부족할 지경이랍니다. 안녕하세요, 백작님?

글로스터 아, 부인! 이 늙은이의 가슴이 갈라지고 갈라졌습니다.

리건 아니, 내 아버지를 종교 후견인으로 둔 그가 당신 목숨을 노렸다고요? 내 아버지가 이름을 지어 준 그자가 말이에요? 당신의 에드거가요?

글로스터 오, 부인! 잘 모르겠습니다. 너무 수치스러워서 어쩔 도리가 없습니다.

에드먼드 (리건에게) 네, 부인! 형님은 그들과 어울렸습니다.

리건 그렇다면 나쁜 영향을 받았다고 해서 놀랄 것은 없군요. (콘월에게) 그들이 에드거를 선동해서 아버지를 죽인 다음, 재산을 가로챌 작정이었던 모양이지요. 바로 오늘 저녁에 그들에 대한 자세한 소식이 언니에게서 왔어요. 만일 그것들이 우리 집에서 묵겠다고 하면 집을 비우고 딴 데 가 있으라고 주의를 받았어요.

콘월 그러면 나도 집에 있지 않겠소, 부인. 에드먼드, 난 자네의 아버지에 대한 효심을 들었다네.

에드먼드 저는 자식으로서 의무를 다했을 뿐입니다, 공작님.

글로스터 이 아이가 그놈의 흉계를 알아냈습니다. 그놈을 잡으려다가 상처도 입었고요.

콘월 그놈을 추적하고 있나요, 백작?

글로스터 네, 그렇습니다. 공작님.

콘월 그놈이 잡히면 다시는 나쁜 짓을 하지 못하도록 해야겠소. 필요하다면 내 권한을 이용하셔도 좋습니다 에드먼드, 자네의 선행과 효심에 크게 감동했네. 이 자리에서 자네를 내 부하로 삼도록 하겠소. 나에게는 자녀 처럼 믿을 수 있는 사람이 필요해. 자네야말로 내가 찾던 그런 사람일세.

에드먼드 부족한 점이 많지만, 진실로 충성을 다하겠습니다.

글로스터 아들 놈을 칭찬해 주시니 자식 대신 감사를 드리겠습니다.

콘월 우리가 백작을 찾아온 까닭을 모르시겠지요?

리건 글로스터 백작, 이렇게 저희가 어두운 밤길을 더듬으면서 이곳을 급히 찾아온 것은 아주 중요한 용건이 있기 때문입니다. 아무래도 백작의 조언을 들어야 할 것 같습니다. 아버님과 언니 사이에 불화가 일어난 까닭을 아버님과 언니 모두 편지로 알려왔습니다. 하지만 그 답신은 집을 떠나서 쓰는 게 최선이라고 생각했습니다. 그래서 아버지와 언니에게 보낼 사신들을 여기서 보내려고 대기시켜 놓았습니다. 백작의 심기가 편하지 않다는 건 잘 알고 있습니다. 하지만 우리를 위해서 조언해 주셔야 해요. 즉시 여기서 해 주신 조언을 실행해야 되니까요.

글로스터 분부에 따르겠습니다, 부인! 여기에 오신 것을 진심으로 환영합니다.

(트럼펫의 화려한 연주. 모두 퇴장)

2장

(변장한 켄트와 오즈월드가 좌우에서 각각 나와서 만난다. 오즈월드는 아직 새벽이라 켄트를 콘월 집안의 사람이라고 생각한다.)

오즈월드 안녕하세요? 좋은 아침입니다! 이 집에 사는 분입니까?

켄트 네.

오즈월드 말은 어디에다가 맬까요?

켄트 진흙 속에요.

오즈월드 제발 그러지 말고 제대로 가르쳐 주세요.

켄트 싫어요. 싫다고요.

오즈월드 그럼 나도 내 멋대로 하겠소.

켄트 당신을 립스버리 외양간에 처넣어 두면 그런 말은 하지 않게 될 텐데…….

오즈월드 무엇 때문에 나를 이런 식으로 취급하는 거야? 잘 알지도 못하는 사이에…….

켄트 이것 좀 보시오! 나는 당신을 잘 알고 있다고요

오즈월드 어떻게 날 안다는 거요?

켄트 악당, 불량배, 음식 찌꺼기나 처먹는 거지 놈아. 천하고 오만하고 싹수없고 거지꼴에다가 1년에 겨우 옷을 세

번밖에 갈아입지 않는 놈아. 게다가 한 해 수입이 고작 100파운드, 더러운 털양말이나 신고 다니는 비열한 녀석아. 얻어터져도 맞짱 한번 뜨지 못하고, 소송에나 매달리는 겁쟁이야. 후레자식에다가 밤낮 거울이나 들여다보는 건달 놈아. 주제넘은 놈, 옷 타박이나 하는 병신 같은 놈, 재산이라곤 가방 하나밖에 없는 놈, 주인을 위한답시고 뚜쟁이처럼 떠벌리고, 잡종 암캐 새끼 피까지 범벅된 아주 더러운 놈아. 지금까지 내가 부른 수많은 네 이름을 한 글자라도 아니라고 부정해 보아라. 시끄럽게 깽깽거릴 때까지 패주고 말 테다.

오즈월드 아이고, 염병하고 있네. 안면도 없고 알지도 못하는 자가 온갖 주접을 다 떠는군!

켄트 이 뻔뻔한 놈아. 내가 알고 있는 걸 잡아떼? 폐하 앞에서 네놈의 다리를 걸어 거꾸로 박은 것이 이틀밖에 안 되는데? 칼을 뽑아라, 이 불한당 같은 놈아. 밤이긴 해도 달이 밝으니 좋구나. 네놈의 피로 이곳을 피투성이로 만들겠다. (칼을 빼 들면서) 미천한 후레자식아, 칼 들라니까!

오즈월드 저리 비켜! 비키라니까! 나는 너하고 아무 상관이 없다.

켄트 당장 칼을 빼 들라, 이 녀석아! 너는 폐하를 욕되게 한 편지를 가지고 왔을 뿐 아니라, 폐하를 적대시하는 자만에 빠진 꼭두각시의 편을 들고 있는 놈이다. 당장 칼을 빼라, 이 악당아! 칼을 들지 않으면 네 정강이의 살점을 도려낼 테다! 이놈, 칼을 들라! 당장 덤벼라!

오즈월드 사람 살려, 사람! 살인자다, 살인자! 사람 살려!

켄트 덤벼라, 염병할 놈아! 꼼짝 마라, 불한당아! 이 겉멋 든 놈아! 덤벼라! (오즈월드를 때린다.)

오즈월드 아, 사람 살려, 사람! 사람 죽는다! 사람 죽어!

(에드먼드, 단검을 빼 들고 등장)

에드먼드 무슨 일인가? 무슨 싸움인가? 당장 떨어져라!

켄트 당신 같은 애송이가 덤벼든다면야. 그게 소원이라면 내 상대해 주지! 자, 덤벼! 내가 한 수 가르쳐 주마. 자, 찔러 보아라, 이 애송이야!

(콘월, 리건, 글로스터, 하인 등장)

글로스터 무기? 칼 들고? 도대체 무슨 일이냐?

콘월 목숨이 아깝거든 당장 멈추어라! 한 번만 더 싸우면 사형이다. 무슨 일이냐?

리건 언니가 보낸 사신과 아버지께서 보내신 사신이군요!

콘월 왜 싸움을 벌이고 있느냐? 말해 보아라.

오즈월드 저는 숨이 끊어질 것만 같습니다, 공작님.

켄트 당연하지. 용기를 너무 지나치게 휘둘러 댔으니. 이 겁쟁이 불한당아, 대자연도 너 같은 놈은 만들지 않았다고 할 게다. 네놈은 재단사가 만들었다고.

콘월 이상한 말을 하는군. 재단사가 사람을 만들다니?

켄트 네, 재단사가 만듭니다. 석공이나 화가가 2년만 더 수학했더라도 저렇게 못난이를 만들지는 않았을 겁니다.

콘월 말하라. 너희는 왜 싸웠느냐?

오즈월드 저 늙은 무법자의 흰 수염이 불쌍해 목숨만은 살려 주었습니다만.

켄트 이 천하의 불한당 같은 놈아! 만일 허락만 해 주신다면 이 악당 놈을 박살 낸 다음, 석회를 저놈의 몸뚱어리와 뭉개어 변소 벽에 바르겠습니다. 뭐? 내 흰 수염이 불쌍해서 살려 주었다고? 이런 추악하고 더러운 놈아!

콘월 당장 입 닥쳐! 이 짐승 같은 놈아. 넌 위아래도 알아보지 못하는구나.

켄트 잘 압니다. 하지만 화가 날 때는 어쩔 수가 없습니다.

콘월 넌 왜 화가 났느냐?

켄트 정직함도 모르는 놈이 칼을 차고 있으니 참을 수가 있어야지요. 저렇게 실실 웃어 대는 악당들은 쥐새끼처럼 끊을 수 없는 신성한 인연마저도 야금야금 갉아먹어 두 갈래로 끊어 놓고 맙니다. 저런 놈은 자기 주인 속에서 우러나오는 진심에 반하는 행동을 하곤 합니다. 불에는 기름을 붓고, 차가운 마음에는 눈을 뿌립니다. 그저 주인의 마음 따라 물총새 모양으로 주둥이를 계속 놀리면서 따라다닐 줄만 압니다. (오즈월드에게) 뇌전증 걸린 얼굴일랑 제발 집어치워라! 이놈이 내 말을 비웃고 있어? 내가 광대냐? 이 거위 같은 놈아, 만일 들판에서 널 만났다면 꺅꺅거리는 네놈을 카멜롯(아서왕 전설에 등장하는 궁전)으로 내쫓았을 것이다.

콘월 뭐라고? 이 늙은 놈이 미쳤나?

글로스터 왜 싸움을 한 거냐? 그걸 말하게.

켄트 저와 이놈은 완전히 상극입니다.

콘월 왜 그를 악당이라고 하느냐? 뭘 그리도 잘못했단 말이냐?

켄트 저놈 얼굴이 그냥 마음에 안 듭니다.

콘월 나와 백작, 부인의 얼굴도 네 마음에는 안 들겠군.

켄트 공작님, 솔직하게 말씀드리는 것이 제 습관입니다. 예전에 잘난 얼굴들을 많이 본 일이 있지요.

콘월 이런 놈을 보았나? 솔직하다고 칭찬해 주면 금세 오만불손해진단 말이야. 아이고, 정직하고 솔직해서 아첨을 못 한다고? 사실을 사실대로 털어놓지 않고는 못 배긴다고? 세상 사람들이 받아 주든 말든 소신대로 말한다 이거지? 네놈 정도의 악당은 나도 이미 잘 알고 있다. 솔직함을 앞세워서 음흉한 계략을 꾸미는 놈들 말이야. 상전에게 굽실거리면서 오직 자기 임무에만 충실한 20명의 하인보다 더한 놈들이거든.

켄트 (일부러 더욱 정중하게) 공작님, 진심에서 우러나와 드리는 말씀입니다. 존엄하신 공작님께서 허락하신다면 공작님의 영향력은 태양신 이마 위의 찬란한 꽃다발과 같을 것입니다.

콘월 왜 또 이러는 거야?

켄트 공작님이 마음에 안 들어 하시는 것 같아 제 말투를 바꾸어 보았습니다. 아시다시피, 저는 아첨꾼이 아닙니다. 솔직함을 가장해서 공작님을 속인 놈이야말로 정말 악당입니다. 저는 그런 놈은 되고 싶지 않습니다. 아무리 공작님께서 애원하셔도 말이에요.

콘월 (오즈월드에게) 그에게 무슨 잘못을 했지?

오즈월드 저는 절대 아무 잘못도 하지 않았습니다. 얼마 전에 저놈이 모시는 폐하께서 오해하셔서서 저를 때리신 적이 있습니다. 그때 저자가 폐하가 진노하신 것을 보고 비위를 맞추기 위해 제 다리를 걸었습니다. 제가 넘어지자 신이 나서 저에게 온갖 욕설을 다 퍼붓고 영웅이나 된 듯이 거들먹거렸지요. 폐하께서는 저를 공격한 대가로 저자를 무척이나 칭찬하셨습니다. 그는 신명이 나서 다시 칼을 들고 제게 달려들었습니다.

켄트 아이고, 이 비열한 놈 같으니라고. 이런 놈의 말에 따르면 영웅 아이아스(그리스 신화에 등장하는 트로이 목마 전쟁의 영웅)도 바보가 될 지경이군.

콘월 당장 족쇄를 가져오너라! 이 고집쟁이 늙은이, 나이 든 허풍쟁이의 버릇을 단단히 고쳐 주어야겠다.

켄트 이젠 너무 늙어서 배울 수도 없으니 족쇄는 사양하겠습니다. 저는 폐하를 모시는 시종입니다. 어명을 받고 여기에 왔지요. 그런 사람에게 족쇄를 채운다면 지나치게 불손한 일이 아닐까요? 게다가 폐하의 권위를 땅에 떨어뜨리는 처사로 고의적인 악의를 보이는 것과 같습니다.

콘월 당장 족쇄를 갖고 오너라! 내 목숨과 명예를 걸고 정오까지 저놈에게 족쇄를 채워라.

리건 정오까지요? 밤까지? 아니, 밤이 새도록?

켄트 제가 폐하의 개라고 해도 그런 학대는 못 하실 것입니다.

리건 아버님이 데리고 있는 악당이니까 더한 것도 가능하지.

콘월 이놈은 처형이 말한 패거리가 틀림없다. 당장 족쇄를 가져와라.

(시종들이 족쇄를 가져온다. 콘월의 지시대로 켄트에게 족쇄를 채우려고 하자, 글로스터는 차마 지켜볼 수 없어 제지한다.)

글로스터 공작님, 제발 고정하십시오. 그자가 큰 잘못을 범했음은 사실입니다. 하지만 그 단죄는 저놈이 모시고 있는 폐하께서 하실 것입니다. 지금 주시려는 벌은 아주 비천하고 자잘한 죄를 저지른 자를 벌할 때 쓰는 것입니다. 폐하께서 사신이 그렇게 하찮게 당하고 족쇄에 채인 것을 아시면 반드시 진노하실 것입니다.

콘월 내가 책임을 지겠다.

리건 언니야말로 문제예요. 언니는 자기 일로 온 사신이 모욕당했다는 걸 들으면 펄쩍 뛸 거예요. 저놈의 다리를 끼워! (켄트에게 족쇄를 채운다. 콘월에게) 자, 가십시다.

콘월 자, 백작! 갑시다.

(글로스터와 켄트만 남기고 모두 퇴장)

글로스터 세상 사람들이 다 알다시피, 공작께서는 간섭하거나 막는 것을 가장 싫어합니다. 하지만 내가 한번 간청해 보겠습니다.

켄트 걱정하지 마세요. 뜬눈으로 먼 길을 걸어 왔으니 피곤해서 잠이나 자야겠습니다. 조금 자다가 깨어나면 휘파람이나 불고 있지요. 착한 사람의 운명도 기울 때가 있나 봅니다. 안녕히 주무십시오.

글로스터 이 일은 공작님의 잘못입니다. 누구나 잘했다고는

안 할 것입니다. (퇴장)

켄트 폐하께서 그 격언을 체험하시게 됐구나, '하늘의 축복
을 마다하면 뜨거운 햇볕을 맞아야 한다!' 지상을 비추
는 햇살이여, 가까이 오라. 따스한 네 빛으로 이 편지를
읽고 싶다. 고통을 겪지 않으면 기적은 없는 법. 이것은
코딜리어 공주님이 보내신 편지다. 정말로 운 좋게도 내
가 변장한 것을 알고 계시나 보다. 공주님은 언젠가 난
세에서 나라를 구하고 상처를 아물게 해 주실 거다. 아,
피곤하다. 잠을 못 자서 무거워진 눈이여, 오히려 잘 됐
다. 눈을 감으면 이 치욕의 잠자리를 보지 않아도 되니
말이다. 운명아, 잘 있어라. 수레바퀴를 돌리고 나서 너
의 웃음을 다시 보여 다오. (족쇄를 찬 채 잠이 든다.)

3장

(에드거 등장)

에드거 나를 잡으라는 체포령이 내려졌다고 들었다. 하지만 나는 다행스럽게도 나무 굴속에 숨어 있어 아직까지 잡히지 않았다. 항구란 항구는 모두 다 막혀 있고, 어디서나 나를 체포하려고 난리다. 아무튼 도망칠 수 있을 때까지 도망쳐 목숨을 유지해야 한다. 그러면 나는 지상 최고 거지꼴로 지내야 한다. 가난은 사람을 짐승처럼 만든다던데, 내 모습이야말로 천하고 가장 구차한 행색을 해야만 한다. 얼굴엔 검정 칠을 하고, 허리엔 담요를 두르고, 머리는 산발을 하며, 비바람이나 추위에도 맨살을 다 보이면서 지내야 한다. 이 나라에서는 베들레헴에 있는 미친 거지들이 좋은 표본이 될 듯하다. 이 거지들은 고함을 지르면서 마비돼 감각이 없어진 팔에다가 못이나 나무의 가시 또는 로즈메리의 뾰족한 가시를 찔러 넣는다지. 그런 흉악한 꼴로 가난한 농가나 작은 촌락, 물방앗간을 찾아다니면서 미친놈처럼 저주도 했다가 기도도 외우면서 동냥한단 말이지. "불쌍한 걸신, 불쌍한 거지 톰이오!" 이렇게 해야만 살아남을 수 있다고! 이전의 나는 이제 완전히 사라진 거야. (퇴장)

4장

(리어, 광대, 신사 등장. 켄트는 족쇄를 찬 채 잠들어 있다.)

리어 참으로 이상하군. 이렇게 집을 비우고 내 사신도 돌려
　　보내지 않은 게 참 이상하군.
신사 제가 아는 바로는 어젯밤까지도 떠날 의향이 없었다고
　　들 합니다.

(켄트, 잠에서 깨어나 족쇄에 채워진 채 리어에게 인사한다.)

켄트 안녕하십니까, 폐하!
리어 하 참, 이런 모욕을 당하는 일을 재미로 여기느냐?
켄트 폐하, 아닙니다.
광대 하, 하! 지금 지독한 각반(걸음을 걸을 때 발목에 므리를 주
　　지 않기 위해 발목부터 무릎 아래까지 돌려 감은 띠)을 차고
　　있구나. 말은 머리를 매고, 개와 곰은 목을 잡아매고 있
　　구나. 원숭이는 허리를 매고, 사람은 다리를 매고 말이
　　야. 힘이 좋다고 다리를 함부로 놀리면 이렇게 나무 양
　　말을 신기 마련이지.
리어 네 신분을 몰라보고 족쇄를 채운 놈은 누구인가?
켄트 사위와 따님입니다, 폐하.

리어 뭐라고? 그럴 리 없어.

켄트 사실입니다.

리어 그럴 리 없다고.

켄트 정말입니다.

리어 아냐, 아냐. 그럴 리가 없어.

켄트 맞습니다.

리어 주피터 신께 맹세코 사실일 리 없어!

켄트 주노 신(그리스 신화에 나오는 최고의 여신)께 맹세코 그렇습니다!

리어 그들이 감히 그럴 리가 없어. 그럴 수 없고, 그럴 리 없다고. 어찌 국왕이 보낸 사신에게 이런 짓을 한다는 거냐. 이건 살인보다 더 나쁜 짓이다. 당장 자세한 내용을 말해라. 네가 왜 이런 벌을 받아야 하며, 그들은 왜 이런 벌을 너에게 내리고 있는가 말이다.

켄트 폐하, 저는 이 저택에 도착해서 폐하의 편지를 올리려고 무릎을 꿇고 경배했습니다. 그런데 무릎을 꿇고 자리에서 채 일어나기도 전에 땀에 흠뻑 젖어 숨이 턱에 찬 또 다른 사신 한 명이 그 자리에 뛰어들었습니다. 그 사신은 저를 가로막고는 자기 주인인 거너릴 마님의 편지를 전했습니다. 두 분께서는 그 자리에서 그 편지를 읽으시더니 갑자기 사람들을 모두 불러 모으신 다음, 말을 타고 떠나셨습니다. 저를 보고는 뒤를 따라오라 하시더군요. 그리고 틈이 나는 대로 답장할 테니 기다리라고 말씀하시면서 차가운 눈초리로 저를 쏘아보셨습니다. 그러자 여기서 그놈의 사신을 만난 것입니다. 그놈 때문에 냉대를 받게 되어서 화가 치밀어 올랐습니다. 그놈은 지난번에 폐하께 오만불손하게 굴던 바로 그놈이었습니다. 저는 제 안위보다 용기가 앞서는 놈이라 칼을 빼 들었지요. 그놈은 겁에 질려 비명을 지르면서 온 집 안 사람들을 다 깨웠습니다. 공작 내외분께서는 저의 죄가 이런 치욕을 받아 마땅하다고 여기시는 것 같습니다만…….

광대 기러기가 저쪽으로 날아가는 걸 보니, 겨울은 아직 끝이 안 났나 보네. (노래한다.)

아비가 넝마를 몸에 걸치면
자식들이 본체만체한다.
아비가 돈주머니를 차고 있으면
자식들은 모두 효자가 된다.
운명의 여신은 최고의 매춘부라,
거지에게는 빗장을 건다네.
하지만 폐하께서는 따님들 덕분에 1년 내내 근심과 걱정이 끊이질 않을 것이요.

리어 (번뇌하며) 아, 가슴속에 화가 치밀어 오르는구나! 이 울화 덩어리야! 꺼져라. 치밀어 오르는 슬픔아, 너가 있을

곳은 가슴 저 아래 바닥이다. 내 딸은 어디에 있는가?

켄트 글로스터 백작과 함께 저택 안에 계십니다.

리어 너는 따라오지 말고, 여기에 있어라. (퇴장)

신사 지금 말한 것 말고는 잘못한 것이 없소?

켄트 네, 없습니다. 그런데 폐하께서는 왜 시종들을 저렇게 적게 데리고 오셨습니까?

광대 그런 걸 묻고 있으니, 족쇄를 차도 싸다.

켄트 뭐? 이 멍청이 광대야?

광대 우리는 너를 개미에게 보내서 겨울에는 일하지 않는다는 걸 배우게 해야겠다. 코가 향한 쪽으로 가는 자들은 장님이 아닌 바에야 눈으로 보고 가는 거다. 그런데 아무리 장님이라고 하더라도 썩은 냄새를 맡지 못하는 자는 없거든. 큰 수레바퀴가 언덕 아래를 구를 때 붙잡고 있다가는 목이 부러지기 마련이다. 하지만 큰 수레바퀴가 언덕을 올라갈 때는 수레 뒤에서 끌려가야 해. 더 좋은 충고를 하는 현자가 나타나거든 내가 지금 한 말은 도로 돌려보내 줘야 한다. 광대가 건네는 충고니까, 악당들이나 내 말을 그대로 따라 주었으면 좋겠어. (노래한다.)

이득만 챙기려 하고
겉만 따르는 놈은
폭풍 속에서 널 버리고 달아난다.

하지만 나는 남을 거야.

나는 바보니까 남는 거지.

똑똑한 놈은 뺑소니를 치렴.

도망치는 나쁜 놈은 바보가 되지만

이 바보는 절대 나쁜 놈이 아니라고.

켄트 광대야, 그런 건 어디서 배웠냐?

광대 이 바보야, 족쇄 차고 배운 건 아니다.

리어 나를 절대 만나지 않겠다고? 둘 다 병이 났구나. 피곤하다고? 밤새 여행했다고? 그런 말이냐? 핑계에 불과하다. 아비를 배반하고 아비를 버리려는 거야. 좀 더 좋은 답을 받아 가지고 와라.

글로스터 폐하, 아시는 바와 같이 공작의 성미가 불과 같아서 한번 결정하면 고집이 얼마나 센지 요지부동입니다.

리어 복수다! 재앙이다! 죽음과 혼란이다! 불과 같다고? 성질이 어떻다고? 아니, 글로스터! 콘월 백작 부부와 이야기하고 싶다니까.

글로스터 아, 폐하! 그렇게 알렸습니다.

리어 두 사람에게 말했다고? 자네, 내 말을 알아듣는가?

글로스터 잘 알고 있습니다, 폐하.

리어 왕이 콘월 백작과 할 이야기가 있다는데 그래? 아버지가 딸하고 할 말이 있어서 그런다고! 그런데 무슨 봉사를 명령하고 기다리라는 거야. 이 말을 전했느냐? 내가 숨이 막히고 피가 끓는다고! 뭐라? 불같다고? 불같은 공작이라고? 그럼 고집스러운 공작에게 이렇게 전해라. 아니야, 그만둬. 진짜 몸이 불편할지도 모르지. 건강할 때는 스스로 하던 일도 병이 나면 잘 안 하게 되곤 하지. 병에 시달리면 몸뿐만 아니라 마음도 고통받게 돼 있어. 간혹 제정신이 아닐 수도 있지. 그래, 내가 참아야 해. 나는 성질이 너무 급한 게 탈이야. 몸이 병들어 발작한 것을 건강하다고 여겼으니. (켄트를 보며) 이제 내 권세도 땅에 떨어졌다. 무엇 때문에 저 사람에게 족쇄를 채운 거지? 이것만 봐도 그들이 나를 만나기 싫어하는 데에 반드시 흉계가 도사리고 있다는 걸 잘 알 수 있다. 내 하인을 풀어라. 그리고 공작 내외에게 내가 할 말이 있다고 전해. 지금 당장 가라. 당장 나와서 내 말을 들으라고 해. 만일 나오지 않는다면 침실 앞에서 북을 쳐 잠을 못 자게 만들 테다.

글로스터 제발 사이좋게 지내시기를 바랍니다. (퇴장)

리어 아, 내 심장아! 솟구쳐 대는 내 가슴아! 제발 진정 좀 해라!

광대 아저씨, 심장에게 호통치시라고요. 이상한 아줌마가 솥 안에다 뱀장어를 산 채로 넣었대요. 뱀장어가 솥 밖으로 기어 나오려고 버둥거리니까 뱀장어 머리를 막대기로 때리면서 소리쳤대요. "들어가. 이 버르장머리 없는 것아, 들어가라니까!" 그리고 그 아줌마의 남동생은 글쎄 자기 말이 귀엽다며 건초 사료에다 버터를 발라 주었다지 뭐예요.

(글로스터가 안내해 콘월, 리건, 하인들 등장)

리어 (간신히 기분을 바꾸어) 잘들 있었는가?

콘월 폐하께 인사 올립니다! (시종을 시켜 켄트의 족쇄를 풀게 한다.)

리건 폐하를 뵙게 되어 기쁩니다.

리어 그럴 것이라 생각한다. 리건, 당연히 그래야지 만일 네가 기쁘지 않다면 내가 죽어서라도 네 어머니 므덤 곁에 묻힐 수 없을 것이다. 네 어머니야말로 탕녀가 분명하니 말이다. (켄트를 보고) 오, 풀려났느냐? 그 문제는 나중에 따져 보자. 사랑하는 리건아, 너의 언니는 너무 못됐다. 리건, 너의 언니는 독수리처럼 날카로운 불효의 이빨로 여기를 뜯어 놓았다. (자기 가슴을 가리킨다.) 입이 열 개라도 이루 다 말할 수 없구나. 그년이 얼마나 사악한지 넌 내 말을 믿지 않을 것이다. 오, 리건아! (리건의 가슴에 얼굴을 파묻고 운다.)

리건 (냉정하게) 제발 고정하세요, 아버님. 제 생각에는 언니의 착한 심성을 아버님께서 오해하신 것 같아요. 언니는 절대로 불효를 저지를 사람이 아니에요.

리어 도대체 그게 무슨 소리냐?

리건 저는 언니가 효심을 저버렸다고 생각하지 않아요. 만일 언니가 아버님이 데리고 계시는 시종들의 소란을 다스렸다면 언니에게는 그만한 이유와 정당한 목적이 있었을 거예요. 그렇다면 언니를 책망할 수는 없지요.

리어 나는 그년을 저주한다니까!

리건 아버님도 이젠 늙으셨어요. 아버님도 이제 돌아가실 때가 다 되었잖아요. 그러니까 아버님보다 더 분별력이 있는 사람들에게 남은 생을 맡기셔야 해요. 그러니 제발 언니에게 돌아가셔서 잘못했다고 말씀하세요.

리어 뭐라고? 그년에게 용서를 빌라고? 이것이 왕가의 법도더냐? "사랑하는 내 딸아, 정말 난 늙었다. (무릎을 꿇고 비아냥거리는 말투로 거너릴에게 사죄하는 흉내를 낸다.) 이 늙은이는 아무짝에도 쓸데가 없구나. 무릎 꿇고 애원할 테니, 제발 옷과 잠자리와 먹을 것을 좀 다오!" 이렇게 하란 말이지?

리건 아버님, 그만두세요. 이게 무슨 꼴이에요. 제발 언니에게 돌아가세요.

리어 (일어서며) 난 절대 안 간다! 그년은 내 시종들을 반으로 줄였다. 게다가 그년은 표독스러운 눈과 독사 같은 독설로 내 심장을 물어뜯었다. 저 하늘에 쌓아 둔 복수란 복수는 그 배은망덕한 년의 머리 위에 쏟아져 내릴 것이다. 대기에 가득 찬 독기여, 젊은 그년의 뼈를 부러뜨려 절름발이로 만들어 다오!

콘월 아니, 이럴 수가. 당장 그만두세요.

리어 하늘을 빠르게 나는 번개여, 눈을 멀게 하는 너의 불꽃으로 이 아비를 비웃는 그년의 눈알을 찔러라! 강렬한 태양이 늪에서 빨아올린 안개여, 그년의 뻔뻔한 얼굴을 썩어 문드러지게 하라!

리건 오, 맙소사! 저 때문에 화가 나시면 제게도 그렇게 저주를 퍼부으시겠지요.

리어 아니야, 그럴 리 없다. 리건! 넌 아비의 저주를 받을 리가 없다. 너는 아주 착한 심성을 갖고 있지 않니. 너는 절대 매정하지 않아. 그년의 눈은 표독스럽지만 네 눈은 얼마나 편안하고 상냥하냐. 너의 눈은 독기에 가득 차서 이글거리지도 않고. 너는 이 아비의 즐거움을 방해하며, 시종을 줄이거나 비정하게 말대꾸를 하거나 내 생활비를 깎거나 하지 않을 것 아니냐. 무엇보다도 나를 들어오지 못하도록 문을 잠그는 일은 네 타고난 천성으로는 절대 하지 못할 것이다. 너는 인간의 본분이나 자식 된 도리, 예의범절, 은혜의 보답을 누구보다 잘 알고 있어.

너는 왕국의 절반을 너에게 준 나의 마음을 절대로 잊지
않았을 것이다.
리건 아버님, 도대체 용건은 뭐지요?
리어 누가 내 시종에게 족쇄를 채웠느냐?

(안에서 트럼펫 소리)

콘월 이건 무슨 나팔 소리지?
리건 언니가 오는 게 분명해요. 언니는 편지로 곧 이리로 오
겠다고 전했어요.

(오즈월드 등장)

리건 당신의 주인마님께서 오셨나요?
리어 (오즈월드를 노려보며) 이놈은 자기가 모시는 변덕쟁이
안주인의 총애를 받으면서 거들먹거리고 있는 천하의
잡놈이다. 당장 물러가라. 이 종놈아, 썩 꺼져라!
콘월 폐하, 왜 그러십니까?
리어 내 시종에게 족쇄를 채운 놈이 누구란 말이냐? 리건, 설
마 너는 아닐 테지.

(거너릴 등장)

리어 저기 오는 년은 누구냐? 하늘에 계신 신들이여. 이 늙은 이를 어여삐 여기신다면, 이 늙은이의 억울함을 당신 자 신 일로 여기시고 천사를 내려보내시어 절 도와주소서. (거너릴에게) 너는 이 아비의 수염을 쳐다보기가 부끄럽 지도 않으냐?

(리건은 거너릴을 맞이하며 악수한다.)

리어 오, 리건! 네가 저런 년하고 악수한다고?

거너릴 왜 손을 잡으면 안 되나요? 제가 무슨 죽을죄라도 저 질렀나요? 노망이 든 분이 무례하다고 말한다 해서 진 짜 무례라고 할 수는 없지요.

리어 아, 가슴아! 너는 너무 모질고 단단하구나! 아직도 버티 고 있구나! 너는 어째서 내 사신에게 족쇄를 채웠느냐?

콘월 (오만불손하게) 제가 채웠습니다. 저놈이 한 행패를 생각 한다면 그 정도는 약과지요.

리어 자네? 자네가 그랬어?

리건 아버님, 아버님은 연로하세요. 그러니까 연로하신 분답 게 체통을 지키세요. 언니에게 가셔서 시종을 반으로 줄 이세요. 그러고 나서 이달 말까지 계시다가 저예게 오세 요. 저는 지금 집에 있지 않기 때문에 아버님을 모시고 뒷바라지할 준비가 되어 있지 않아요.

리어 뭐라고? 그년에게로 돌아가라고? 시종 중에 절반인 50
명을 내보내라고? 아니야, 어림도 없는 소리다. 내 그럴
바에야 차라리 집을 버리고 들판에 나가 바깥 공기와 싸
우면서 이리와 올빼미를 친구 삼아 지내겠다. 가난이 전
해 주는 쓰라린 괴로움을 맛보는 것이 훨씬 낫지! 그년
에게로 돌아가? 그년에게 갈 바에야 지참금 없이 막내
딸을 데려간 프랑스 왕에게 갈 테다. 거기서 그의 시종
인 듯이 그의 옥좌 앞에 무릎 꿇고 생활비를 구걸해 가
면서 남은 생을 보내겠다. 뭐라고? 그년에게 돌아가라
고? (오즈월드를 가리키며) 차라리 이 사악한 놈의 노예나
말이 되라고 해라.

거너릴 그럼 좋을 대로 하세요.

리어 (거너릴에게) 얘야, 제발 날 미치게 하지 마라. 앞으로 네
신세는 더는 지지 않겠다. 잘 있어라. 다시는 만나지 않
겠다. 서로 얼굴을 대할 필요도 없을 것이다. 하지만 너
는 내 살과 내 피를 나눈 내 딸이 틀림없다. 아니, 어쩌
면 내 살 속에 박혀 있는 병균일지도 모르겠다. 그것도
내 것이겠지만 말이야. 아니, 너는 내 썩은 피가 문드러
진 종기요, 부스럼이요, 염증이다. 하지만 나는 널 원망
하지 않겠다. 언젠가 너도 그런 치욕을 당하게 될 테니.
앞으로 널 일부러 부르지 않겠다. 천둥 벼락에게 널 치
라고 부탁도 하지 않겠다. 숭고하고 높은 심판자 주피터

신에게 고해바치지도 않겠다. 나쁜 마음 고쳐먹고, 기회
가 된다면 좋은 사람이 되도록 해라. 나는 정말로 참을
수 있다. 리건 집에 가서 살겠다. 100명의 내 기사를 데
리고 말이야.

리건 아니에요. 그럴 순 없어요. 아버님께서 오시리라고는
생각을 안 했습니다. 아직은 맞이할 준비도 도어 있지
않고요. 그러니 제발 언니 말씀을 잘 들으세요. 이성을
갖고 생각하는 사람들은 아버님께서 격정에 빠져서 하
시는 말씀으로 알 겁니다. 언니는 자기의 할 일을 잘 알
고 있습니다.

리어 그게 진심이냐?

리건 진심이고말고요. 아니, 시종이 50명이라고요? 그만하
면 괜찮지 않으세요? 그 이상 무슨 소용이 있어요? 그것
도 많지요. 비용만 많이 들고, 언제 어디서 또 횡패를 부
릴지 모르잖아요. 한 집안에 주인이 둘 있는데 어떻게
그 수많은 사람이 사이좋게 지낼 수 있겠어요? 너무 어
려워요. 그건 거의 불가능해요.

거너릴 동생에게 딸린 하인이나 제 하인이 시중들게 하면 안
될까요?

리건 아버님, 왜 안 되나요? 만일 하인들이 아버님을 모시는
데 부족하게 하면 저희가 심하게 꾸짖어 다스리겠어요.
제 집에 오시면요. 아버님의 시종들이 횡패를 부릴 위

험성이 보이니까 하는 말이에요. 제발 시종을 25명으로 줄여서 오세요. 그 이상은 있을 데도 없고, 인정할 수 없어요.

리어 너에게 나의 모든 것을 줬는데도…….

리건 때맞춰 잘 주셨지요.

리어 난 너희를 후견인으로 알고 모든 권력을 위임했다. 그 대신 시종을 100명 두기로 약속하지 않았느냐? 그런데 뭐가 어째? 25명만 데리고 오라고? 리건, 진심으로 하는 말이냐?

리건 네, 다시 말씀드리지만 그 이상은 안 됩니다.

리어 사악한 것이 매력적으로 보일 수도 있구나. 다른 게 더 사악할 때는 말이야. (거너릴에게) 너에게 가겠다. 네가 말한 50명은 25명의 두 배니까. 너의 효심은 저년에 비하면 두 배가 되는구나.

거너릴 제 말씀 잘 들으세요. 시종이 25명이건, 10명이건, 5명이건 무슨 소용이 있어요? 집에서는 그 두 배의 하인들이 아버님 시중을 직접 들어 드릴 텐데요.

리건 사실, 한 사람도 필요 없잖아요.

리어 필요를 따지지 말라! 아무리 가난한 거지라도 하찮지만, 물건은 가지고 있다. 인간이 삶에 직접 필요한 것 말고 아무것도 가질 게 없다면 개나 돼지나 다를 것이 무엇이란 말이냐? 너는 귀부인이다. 만일 너에게 따뜻한

옷만이 사치라면 네가 지금 입고 있는 따뜻하지 않은 그 옷은 왜 필요하단 말이냐? 하지만 인간에게는 필요한 것이 있다. 하늘에 계신 많은 신이여, 내게 인내를 주십시오. 내겐 인내가 필요합니다! 내 가슴속에는 슬픔이 가득 차 있고, 나이는 먹을 대로 먹어 불쌍하기 그지없습니다. 이 딸년들이 아비를 배신한 일이 당신들의 충동질 때문이라 할지라도 이걸 그대로 보고서 바보처럼 참도록 내버려 두지 마소서. 이 가슴에 분노의 쿨을 내질러 주십시오. 여자들의 무기인 눈물을 나의 두 볼에 내리지 않게 해 주십시오. (소리 내어 운다.) 그래, 두고 봐라! 이 짐승 같은 것들아. 내 무슨 수를 다해서라도 반드시 복수할 테다. 뭘 할지는 모르지만 온 세상이 코두 놀랄 그런 처절한 복수를 할 테다! 내가 울 줄 알겨? 절대 울지 않는다. 울 이유는 충분하지만, 이 심장이 천 갈래 만 갈래 찢어지기 전에는 이제 나는 눈물 한 방울도 흘리지 않겠다. (광대의 어깨에 기대며) 오, 광대야! 난 미칠 지경이다!

(글로스터, 켄트, 광대 등이 리어를 위로한다. 천둥소리가 들려온다. 멀리서 스산한 바람 소리가 들려온다.)

콘월 안으로 들어갑시다. 폭풍우가 몰아칠 것 같소.

리건 집은 비좁아서 노인과 시종들을 머무르게 할 수 없어요.

거너릴 자업자득이지. 들어오는 복을 발로 차 버린걸. 본인의 잘못이야. 어리석은 짓을 하는 자는 반드시 맛을 보아야만 해.

리건 아버님 혼자라면 기쁘게 환영해 드리겠지만, 시종은 하나도 받지 못하겠어요.

거너릴 나도 마찬가지야. 그런데 글로스터 백작은 어디 계실까?

콘월 노인을 쫓아갔어. 아, 저기 돌아왔군.

(글로스터 등장)

글로스터 폐하께서 엄청나게 크게 노하셨습니다.

콘월 어디로 가시는 걸까?

글로스터 말을 찾고 계시던데 어디로 가시는지는 잘 모르겠습니다.

콘월 그냥 내버려 두는 게 좋소. 본인 고집대로 하실 테니까.

거너릴 백작, 만류하지 마세요.

(밤의 어둠이 깔린다. 번개, 천둥, 바람이 더욱더 거칠어진다.)

글로스터 밤이 오고 있고, 거센 바람이 불고 있습니다. 이 주변에는 숲조차 없습니다.

리건 고집쟁이들에게는 자신이 만든 고통이 스승이 돼요. 문을 거세요. 아버님은 무모한 시종들을 거느리고 있어요. 게다가 귀가 얇아서 그것들이 충동질하면 무슨 일을 벌일지 몰라요. 조심해야 해요.

콘월 (글로스터에게) 문을 거시오. 백작, 날씨가 사나운 밤입니다. 리건의 생각이 옳소. 폭풍우를 피합시다.

(모두 퇴장. 폭풍우, 천둥소리가 들려온다.)

King Lear

1장

(천둥, 번개, 폭풍우. 켄트와 한 신사가 좌우에서 등장)

켄트 누구요? 이 더러운 날씨에?

신사 이 날씨처럼 마음이 초조하고 불안한 사람이오.

켄트 누구인지 잘 알겠소. 폐하께서는 어디 계시오?

신사 지금 사나운 자연과 싸우고 계십니다. 폐하께서는 바람에 이 대지를 바닷속으로 날려 버리거나, 이 세상의 종말을 가져와 달라고 소리를 지르며 분노에 사로잡힌 채 자신의 백발을 쥐어뜯고 계십니다. 하지만 맹렬한 비바람은 그 백발을 움켜쥔 채 이리저리 아무렇게나 휘두르고 있습니다. 폐하께서는 인간이라는 아주 미약한 힘을 가지고 거센 비바람과 맞서 싸우고 계십니다. 오늘 같은 밤은 곰도 새끼에게 젖을 물린 채 굴속에 숨어 있고, 사자나 굶주린 이리도 털가죽에 비를 맞히려 하지 않을 때입니다. 하지만 폐하께서는 모자도 쓰지 않으시고 밖으로 뛰쳐나가셔서는 맨머리로 마구 내달리면서 고래고래 소리를 지르고 계십니다.

켄트 누가 폐하를 모시고 있지요?

신사 광대뿐입니다. 그자가 폐하의 가슴속 상처를 자신의 익살로 누그러뜨리려고 무척이나 애쓰고 있습니다.

켄트 나는 당신을 잘 알고 있습니다. 그래서 당신을 믿고 중대한 일 하나를 부탁할까 합니다. 사실, 올버니 공작과 콘월 공작은 불화가 심합니다. 물론 서로 본심을 간교하게 은폐하고 있기 때문에 겉으로는 아무런 갈등이 없어 보입니다. 하지만 이 두 사람의 가신들 가운데—운이 좋아서 왕권을 차지하거나, 벼락출세를 한 자들에게 언제나 있는 일이긴 하지만—겉으로는 충직한 척해도 프랑스의 첩자가 되어 우리나라의 기밀을 정탐해 프랑스에 보내는 자가 있습니다. 눈에 띄는 것은 모두 말입니다. 두 공작의 불화와 음모, 폐하에 대한 두 공작의 학대, 그뿐만 아니라 뭔가 더 깊은 비밀까지도 프랑스에 통신으로 전하고 있는 것 같습니다. 어쨌든 간에 프랑스군이 분열된 이 나라를 공격해 올 것은 확실해요. 그들은 우리가 방심한 틈을 타서 주요 항구에 군대를 배치해 놓고 있습니다. 게다가 당장에라도 진격할 태세를 갖추고 있습니다. 부탁입니다. 당신이 내 말을 믿고 서둘러서 도버(영국에 있는 항구 도시)까지 가 주시면 거기에서 당신의 노고에 보답할 분을 만나게 될 것입니다. 그분께 폐하가 딸들에게 엄청난 학대를 받고 슬픔에 젖어 미칠 지경이 되었다고 정확하게 전해 주기 바랍니다. 나는 가문으로나 교육의 배경으로나 학식과 교양을 갖춘 신사라고 소개하겠습니다. 난 당신의 인품을 매우 잘 알고 있

습니다. 그래서 충분히 확인하고 난 뒤에 이 일을 당신
께 부탁드리는 겁니다.

신사 조금 더 이야기를 나누고 싶군요.

켄트 그럴 것 없습니다. 내가 겉으로 드러난 모습과 다르다
는 증거로 이 돈을 당신께 드리겠습니다. 이 주머니 안
에 들어 있는 돈을 마음대로 써도 좋습니다. 만일 당신
이 코딜리어 공주님을 뵙거든―틀림없이 만나게 될 것
입니다만―공주님에게 이 반지를 보이십시오. 그러면
지금까지 알지 못했던 내 정체를 그분께서 말씀해 주실
거요. 이런 젠장! 무슨 놈의 폭풍우가 이렇게 심할까! 이
제 나는 폐하를 찾으러 가겠습니다.

신사 자, 악수합시다. 더 하실 말씀은 없습니까?

켄트 거의 다 했지만, 한마디 더 있습니다. 아주 중요한 말이
지요. 조금 수고스럽겠지만 당신은 저쪽으로, 나는 이쪽
으로 가서 폐하를 찾읍시다. 그래서 폐하를 먼저 만난
사람은 소리를 질러 서로를 부르기로 합시다.

(따로 퇴장)

2장

(천둥, 폭풍우가 계속된다. 광란의 리어, 불호령을 치면서 등장.
광대만이 그를 따르고 있다.)

리어 바람아, 불어라! 내 두 뺨이 찢겨 나가도록! 불어라, 불
어! 폭풍우여, 폭포처럼 쏟아져 내려라. 물기둥이 솟구
쳐 올라 치솟은 탑과 풍차마저 물속에 잠기게 하라! 마
음에 생각하는 것처럼 재빠른 유황의 불이여, 참나무를
쪼개 버리는 벼락의 선구자 번개여, 내 흰머리를 태워
버려라! 만물을 뒤흔드는 천둥이여, 둥근 이 지구를 때
리고 짓이겨서 납작하게 만들어라. 대자연이 인간을 창
조한 이 세상을 부수어라, 배은망덕한 인간을 태어나게
할 모든 씨앗을 단번에 완전히 쓸어 버려라!

광대 오, 아저씨! 안전한 집 안에 들어앉아 아첨하는 게 이렇
게 문밖에서 비를 쫄딱 맞는 것보다는 훨씬 나아요. 아
저씨, 그냥 돌아가서 따님들 신세나 집시다! 이런 밤에
는 똑똑한 사람이든 바보든 아무런 동정도 받지 못한다
고요.

리어 마음껏 으르렁거려라! 번갯불아, 불기둥을 뿜어내라!
비야, 쏟아져라! 비도 바람도 천둥도 번개도 내 딸은 아
니다. 비바람이여, 너희가 불친절하다고 고발하지 않겠

다. 나는 너희에게 땅도 주지 않았고, 너희를 자식이라
고 부르지도 않았다. 너희는 나에게 충성을 다할 의무가
없다. 그러니 네 멋대로 행패를 부려도 좋다. 나는 너희
의 노예로 여기 이렇게 서 있는 것이다. 나는 불쌍하고
무기력하고 허약하며 멸시받는 늙은이일 뿐이다. 너희
를 비굴한 앞잡이라고 부르겠다. 백발을 한 늙은이를 향
해 그 몹쓸 두 딸년의 편이 되어 하늘의 군대를 끌고 오
다니! 아아, 정말 매정하구나!

(폭풍우가 계속 격렬히 불어 댄다.)

광대 자기 머리를 넣을 집을 가지려면 먼저 그만한 훌륭한
머리를 가져야지. (노래한다.)
머리를 처넣을 집도 없으면서
불알을 넣을 바지만 있다면
머리나 불알에 이가 끓어 댈 거요.
거지도 그렇게 장가를 가지.
마음속에 단단히 간직해야 할 것을
발가락에 달고 다니면
티눈이 박혀 고통에 잠을 못 이루게 되지.
그렇게 그저 뜬눈으로 긴 밤을 지새워야지.
아무리 미인이라도 거울 앞에서 입을 실룩거리지 않는

여자는 없다고.

리어 아니야. 난 인내의 귀감이 되어야 한다. 아무 말도 하지
않겠다.

(계속 뇌우가 몰아친다. 변장한 켄트 등장)

켄트 거기 누구냐?

광대 아이고, 여기는 우두머리와 불알 가리개를 찬 아랫사람
이다. 다시 말하면, 똑똑한 사람과 광대란 말이다.

켄트 아, 폐하. 여기 계셨군요? 아무리 밤을 좋아하는 사람이
라고 하더라도 이런 밤은 싫어할 것입니다. 이런 험한
날씨에는 어둠 속을 떠돌아다니는 짐승들도 겁이 나서
굴속에 숨어 있을 것입니다. 엄청난 번갯불, 천지를 흔
드는 천둥, 세차게 울부짖는 비바람 소리는 지금까지 살
면서 한 번도 들어 본 적이 없습니다. 인간은 이러한 고
통이나 공포를 견디기 힘듭니다.

(격렬하게 천둥이 친다.)

리어 우리 머리 위에서 무서운 혼란을 일으키는 위대한 신들
이 있다. 그들이 이제 진정한 원수를 가려내게 하자. 두
려움에 떨라, 비밀스러운 죄악을 가슴에 품은 채 아직

정의의 채찍을 받지 않은 악당들이여! 이제 숨어라. 사람을 죽이고 손에 피를 묻힌 살인자여, 위증한 자여, 간음을 범하고도 근엄한 척하는 자여. 이제 겁에 질려라! 비밀스럽게 남의 눈을 속여 인간의 목숨을 농락한 간악한 놈아, 가슴속에 깊이 감추어 둔 죄악이여. 널 감추고 있는 가슴을 열고, 이 무서운 심판자들에게 자비를 구하라! 나는 죄를 지은 자가 아니다. 사람들이 나에게 죄를 지은 것이다.

켄트 아, 가릴 것 하나 없는 맨머리로? 폐하, 이 근처에 오두막이 하나 있습니다. 그곳에서 잠시 폭풍우를 피할 수 있을 것입니다. 여기서 잠깐 쉬고 계십시오. 그동안 제가 그 무정한 집으로 가 보겠습니다. 그곳은 돌집이긴 하지만, 돌보다 더 차고 무정한 집이지요. 조금 전에도 폐하를 찾으려고 그 집을 찾아갔습니다. 하지만 저를 들어오지도 못하게 문전 박대하더군요. 그래도 그 집에 다시 가서 떼를 써 보겠습니다.

리어 내 머리가 완전히 돌기 시작하나 보다. 이리 오너라, 얘야. 왜 그러니? 추우냐? 나도 춥다. 이보게, 자네가 말한 헛간은 어디 있는가. 가난함은 신기한 마법을 부리나 보다. 아주 천한 것도 귀한 것으로 만드니 말이야. 자, 저기 오두막으로 가자. 불쌍한 광대야, 내 마음 한구석에서는 너를 가엾이 여기고 있다.

광대 (노래한다.)

약간의 머리가 있는 놈이라면
어야디야, 바람이 불든 비가 오든
팔자려니 하고 만족하며 살아라.
매일매일 너에게 비가 쏟아져 내리더라도.

리어 맞다, 애야! 자, 오두막으로 안내하라.

(리어와 켄트 퇴장)

광대 오늘 밤은 음란한 여인의 불같은 정욕을 식히기에 참
좋은 밤이다. 내 가기 전에 예언이나 하나 말하지. (노래
한다.)

신부들은 행동보다 말에 능하고
양조업자들은 누룩에 물을 섞어 술을 망치고
귀족들은 재봉사에게 유행을 가르치려 들고
이교도들은 죽이지 않고 기둥서방만 화형에 처한다.
재판하는 사건마다 옳게 판결되고
시종들은 빚이 없고 구차한 기사도 없고
남의 험담이 입에 오르내리지 않고
사람들이 모여들어도 소매치기가 존재하지 않고
고리대금업자가 사람들 앞에서 돈을 세고
포주와 창녀들이 교회를 짓는

그런 세상이 오면 이 앨비언(영국의 옛 이름)에
엄청난 혼란이 일어난다오.
그때까지 살 수 있다면
사람들이 제 발로 걷는 때가 올 겁니다.
이런 예언은 아서왕의 예언자 멀린이 하게 될 거야. 나
는 그보다 한 시대 앞서 살고 있으니까. (퇴장)

3장

(글로스터와 에드먼드, 횃불을 들고 등장)

글로스터 아, 슬프다! 에드먼드, 나는 이렇게 의리도 인정도 없는 처사를 좋아하지 않아. 나는 폐하가 불쌍해서 도와드리려고 탄원을 올렸지. 그랬더니 공작 부부께서 내 집을 그냥 순식간에 빼앗아 가 버리고 말았어. 폐하의 이야기를 입에 담거나 탄원을 올리거나 어떤 방식으로든 절대 폐하의 뒤를 봐 줘서는 안 된다고 경고했지.

에드먼드 참으로 야만적이고 무모한 짓이네요!

글로스터 그러니 너도 아무 말 하지 말고 있어라. 지금 두 공작은 서로 앙숙간이란 말이다. 그뿐만 아니라 그보다 더 엄청난 일이 일어나고 있어. 나는 오늘 밤 비밀스러운 편지 한 통을 받았다. 이걸 입 밖에 내면 큰 변을 당하고 말 거야. 그래서 그 비밀 편지를 벽장 안에 넣고 잠가 버렸다. 지금 폐하께서 겪으시는 모욕은 반드시 갚아질 것이야. 군대 일부가 이미 상륙했어. 우린 폐하의 편을 들어야 한다. 나는 그분을 반드시 찾아서 비밀리에 구조해 드릴 것이다. 그러니 너는 가서 공작과 이야기하고 있어라. 폐하에 대한 나의 이런 호의가 공작에게 발각되면 안 된다. 만일 공작이 나를 찾거든 몸이 아파서 누워 있

다고 하렴. 물론 이 일로 생명의 위협을 당하지는 않겠
지만, 내가 죽는 한이 있더라도 폐하를 반드시 구할 것
이다. 에드먼드, 부디 조심해라. (퇴장)

에드먼드 음, 아버지가 금지된 일을 벌이고 있으니 기 일을
공작에게 그대로 일러바쳐야지. 그 비밀 편지도 말이야.
그러면 확실한 포상을 받을 수 있겠지. 아버지가 잃게
되는 재산은 고스란히 내 차지가 될 게 분명해. 늙은이
가 넘어지면 젊은이가 일어서는 법이지. (퇴장)

4장

(폭풍우가 계속된다. 변장한 켄트가 리어를 안내하며 등장. 광대도 뒤따라 등장)

켄트 폐하, 이곳입니다. 들어가십시오. 어두운 밤에 들판에서 폭풍우를 만나는 건 보통 사람으로서는 견디기 힘든 일입니다.

리어 날 가만히 내버려 둬!

켄트 폐하, 어서 들어가십시오.

리어 내 마음을 찢어 놓을 작정이냐?

켄트 차라리 제 가슴을 찢고 싶은 심정입니다. 폐하, 제발 들어가십시오.

리어 너는 사나운 폭풍우가 우리 피부 속을 파고드는 것이 엄청난 일로 생각되나 보구나. 네겐 그럴 수 있다. 하지만 큰 병에 걸려 있을 땐 작은 병은 느껴지지 않는 법이다. 너는 곰을 보면 피하겠지. 하지만 성난 바다와 직면한다면 뒤를 돌아서서 곰과 정면으로 맞서야 할 거다. 마음속에 고뇌가 없을 때 육체의 고통에 민감해지는 법이다. 하지만 내 마음속엔 폭풍이 요동치고 있다. 내 마음속에는 고통만 남고, 모든 감각이 사라져 버렸다. 이런 못된 자식들 같으니라고! 이건 입에 먹을 것을 넣어 준 손을 물어뜯는 것과 다를 바가 없다. 자, 어디 보자. 철저하게 엄벌을 내릴 거다. 아니, 이제 눈물도 흘리지 않겠다. 나를 이런 최악의 밤에 내쫓다니! 비야 퍼부어라. 그래도 난 참아 낼 거다. 오, 이런 미친 밤에! 오, 리건, 거너릴! 너희에게 모든 것을 아낌없이 준 늙은 아비를! 오, 이런! 생각만 해도 미칠 것 같구나. 생각하지 말자! 이제 생각을 그만하자.

켄트 폐하, 여기로 들어가십시오.

리어 제발 너나 들어가서 편히 쉬어라. 이 태풍 덕분에 내가 상처받은 기억을 되돌아볼 수도 없겠어. 그래, 이제 들어가겠다. (광대에게) 얘야, 먼저 들어가거라. 집도 없는 이 가난뱅이야. 안으로 들어가라고. 나는 기도하고 난 뒤에 눈을 붙이겠다.

(광대가 들어간다.)

리어 입을 것 하나 없는 가엾은 가난뱅이야. 너희가 어디 있든 간에 이 무정한 폭풍우에 시달리겠지. 머리 둘 집도 없고, 주린 배를 움켜잡으며, 구멍이 뚫린 누더기를 걸친 채 어떻게 이런 날씨를 견딘다는 거냐? 오, 나는 이런 일에 너무 눈이 어두웠다! 부귀영화를 누리고 있는 자들이여, 이제 치료를 받아라. 비바람에 시달리고 가난한

자들의 고통을 깨달아라. 남는 것을 그들에게 몽땅 나눠
주고 하늘이 공평하다는 사실을 증명하라.

에드거 (오두막 안에서 쉰 목소리로) 한 길 반이야, 한 길 반 물
속이야! 불쌍한 톰!

(광대가 당황하며 오두막에서 뛰쳐나온다.)

광대 (안절부절못하며) 여긴 들어가지 말아요, 아저씨! 그 안
에 귀신이 있어. 사람 살려, 사람 살려요!

켄트 자, 내 손을 잡아라. (오두막을 향해) 거기 있는 건 누구
냐?

광대 귀신이야, 귀신! 불쌍한 톰이래.

켄트 거기 건초 더미에서 웅얼거리는 소리를 내는 자는 누구
냐? 이리 나와라!

(계속 폭풍우가 분다.)

(불쌍한 거지 톰으로 가장한 에드거, 허리에 담요를 걸치고 옷
이 거의 벗겨진 채 막대기를 들고 등장)

에드거 당장 꺼져! 악마가 날 뒤쫓는다! 가시나무 사이로 찬
바람이 분다. 흥! 잠자리에 들어가서 몸이나 녹여!

리어 (에드거를 찬찬히 뜯어보며) 자네도 두 딸에게 모든 것을
　다 주었나? 그래서 요 모양 요 꼴이 된 건가?

에드거 이 불쌍한 톰에게 누가 뭘 주었단 말이에요. 비열한
　악마들이 나를 불구덩이로 마구 끌고 다녀요. 개울을 지
　나고 여울을 건너서, 늪으로 수렁으로 나를 마구 끌고
　다녀요. 베개 밑에는 칼을 넣어 두고, 의자 위에는 목매
　달아 죽을 밧줄을 걸어 놓지요. 죽 그릇 옆에는 쥐약을
　갖다 놓지요. 교만한 마음을 갖게 하고는 비틀거리는 말
　을 타고 4인치도 안 되는 다리를 건너가게 하고, 자기 그
　림자를 반역자라고 쫓아가게 했어요.

(계속 폭풍우가 몰아친다.)

에드거 정신 차려요. 당신은 멀쩡하셨으면 좋겠어요. 톰은 추
　워요. 오, (입으로 덜, 덜, 덜, 덜, 덜, 덜 소리를 낸다.) 당신은
　회오리바람과 별의 저주도 피하고, 귀신에게 괴롭힘도
　당하지 마세요! 흉측한 악마에게 괴롭힘을 당하는 가엾
　은 톰에게 자비를 베풀어 주세요. 이번에는 반드시 악마
　를 잡아 와야지. 여기, 여기다. 여기! (막대기를 들고 여기
　저기 두들기며 돌아다닌다.)

(계속 폭풍우가 몰아친다.)

리어 그래, 저자도 딸들 때문에 저 지경이 되었구나! 아무것도 남기지 않고? 딸년들에게 다 줘 버렸나?

광대 천만에, 담요 한 장은 남겼지요. 안 그랬으면 우린 못 볼 걸 볼 뻔했네.

리어 허공에 떠도는 모든 재앙이여, 인간 죄악에 떨어질 운명이라면 이제 네 딸년들 머리 위에 떨어져라!

켄트 폐하, 저 사람은 딸이 없습니다.

리어 사형이다, 반역자! 불효한 딸들이 없다면 인간으로서 어찌 저런 몰골이 될 수 있단 말이냐. (에드거가 자기 팔을 바늘과 나뭇가지로 찌르는 것을 보고) 버림을 받은 아비들이 자신의 육체를 학대하는 것이 요즘 유행이란 말인가? 적절한 처벌이다! 어버이의 피를 빨아먹는 펠리컨 같은 딸들을 낳은 건 바로 이 몸이라고!

에드거 필리콕(미친 척하는 에드거가 펠리컨을 필리콕이라고 말한 것임)이 필리콕 언덕에 앉아 있네. 야호! 야호! 야호!

광대 이 추운 밤에 우린 모두 바보가 되거나, 머리가 미쳐서 돌아 버리거나 할 거야.

에드거 제발 악마를 조심해요. 부모에게 복종해요. 약속을 잘 지켜요. 함부로 맹세하지 말아요. 유부녀와 간통하지 말아요. 좋은 옷을 구하려 들지 말아요. 톰은 너무 추워요!

리어 너는 예전에 무엇을 했었느냐?

에드거 저는 마음과 정신이 거만한 하인이었지요. 머리카락을 지지고 볶아서 올렸고, 모자에는 사랑의 표시인 장갑을 달아 붙였어요. 제 주인마님의 욕정을 채워 주기도 곧잘 했지요. 게다가 입에 발린 맹세를 하고 하느님 앞에서 그것들을 깨뜨리기도 했답니다. 잠을 잘 때는 여자를 생각하고, 낚아챌 궁리를 하고, 깨어나서 그것을 곧바로 실행했지요. 술을 무척이나 좋아했고, 노름에 완전히 정신을 팔았지요. 여자라면 터키인 뺨치게 많았지요. 마음은 거짓되고, 귀는 얇고, 손은 잔인하기 그지 없었지요. 게으른 것은 돼지요, 교활한 것은 여우요, 욕심 많기로는 늑대, 이리지요. 미치면 개요, 사납기로는 사자에 견줄 만했어요. 여자의 삐걱거리는 구둣발 소리, 비단옷 스치는 소리에 혼을 빼다 보면 신세를 망치지요. 절대로 창녀촌에 가지 말고, 속옷 자락을 들쳐서 그 안에 손을 넣지 말고, 빚쟁이 장부에 이름을 올리지 마세요. 악마에게 져서는 안 되지요. 가시나무 덤불 속으로 찬바람이 불어요. 쏴아, 쏴아, 횡, 횡……. 돌고래야, 이 녀석아! 좋다! 통과시켜 주어라.

(폭풍우가 계속된다.)

리어 벌거숭이 톰으로 이 사나운 비바람에 부딪히느니 무덤에 들어가는 게 더 낫겠다. 인간이란 존재가 이것밖에 안 되는가? 저자를 자세히 살펴보아라. 저자야말로 누에에게 비단도, 짐승에게 가죽도, 양에게 털도, 고양이에게 사향도 얻지 못한 그런 놈이로구나. 하! 여기 세 사람은 그래도 겉치레를 하느라 옷을 입고 있는데, 너는 태어날 때 그 모양 그대로구나. 옷을 입지 않은 사람은 너처럼 알몸에 두 발을 가진 가엾은 짐승에 지나지 않지. 자, 이 빌려 입은 옷들을 모두 벗어 버리자. 그래, 벗자! 이 단추를 풀어 다오! (옷을 찢으며 벗으려 하는 것을 광대가 제지한다.)

광대 아저씨, 제발 참아요. 오늘 밤처럼 궂은 날씨에 헤엄이라도 치려고요? (멀리 글로스터가 횃불을 들고 오는 것을 바라본다.) 들판에 작은 불이 있어 보았자 음탕한 늙은이의 심장 같아. 그곳만 반짝 타오르고 나머지 몸은 차디차거든. 저것 좀 봐라. 불이 이리로 움직여 오네.

에드거 저건 더러운 악마 플리버디지벳이로구나. 저놈은 통금을 칠 때 나타나서 첫닭이 홰를 칠 때까지 싸돌아다니거든. 우리 눈에 백내장을 옮기고, 사팔뜨기가 되게 하고, 언청이가 되게 하는 것도 저놈의 짓이다. 다 익은 밀에 곰팡이를 슬게 하고, 땅속 버러지들을 못살게 구는 것도 몽땅 그놈의 행패라고. (노래한다.)
마귀를 쫓는 성자가 들판을 세 바퀴 돌아
아홉 마리 부하를 가진 귀신을 만났네.

성자는 귀신에게 타일렀다.

못된 짓 하지 않도록 맹세하라.

마귀야, 꺼져라! 없어져라!

켄트 (리어에게) 폐하, 괜찮으십니까?

(글로스터, 횃불을 들고 등장)

리어 저놈은 누구냐?

켄트 누구요? 지금 누구를 찾소?

글로스터 너희야말로 누구냐? 이름을 대라!

(글로스터가 횃불을 들이밀자, 에드거는 얼굴이 발각될까 봐 급히 얼굴을 돌린다.)

에드거 불쌍한 톰입니다. 헤엄치는 물속의 청개구리, 두꺼비, 올챙이, 도마뱀, 도롱뇽을 먹고 삽니다요. 그놈들이 사는 곳의 물을 마시며 목숨을 유지하는 놈이랍니다. 비열한 악마는 화가 나면 울화통이 터져 푸성귀(채소나 들풀 등을 통틀어 이르는 말) 대신 쇠똥을 먹습니다. 또 늙은 쥐나 시궁창에 빠져 죽은 개도 마구 삼키지요. 고여 있는 연못의 푸른 이끼를 마시기도 합니다. 이놈은 이 마을 저 마을로 쫓겨 다니면서 발에는 족쇄가 채워지고 감옥

에 갇히곤 하지요. 그래도 저고리 세 벌, 속옷 여섯 벌은
가졌었지요. (노래한다.)
말도 타고 칼도 차고 다녔지만
기나긴 7년 동안 톰의 밥은
생쥐 같은 작은 짐승들뿐이었다네.

에드거 나를 쫓아다니는 놈을 조심해요. 입 닥쳐, 악마, 스멀
킨! 잠자코 있어. 이 악마야!

글로스터 폐하, 왜 이런 놈들만 데리고 다니십니까?

에드거 어둠의 왕은 군자지요! 그의 이름은 모도인데 마후라
고도 불려요.

글로스터 폐하, 우리 혈육을 나눈 자식들까지 악독해져서 자
신의 어버이마저 미워하는 그런 세상입니다.

에드거 (얼굴을 돌리며) 불쌍한 톰은 추워!

글로스터 자, 제가 안내하겠습니다. 폐하의 충직한 신하로서
제가 어찌 따님들의 명령에 따를 수 있겠습니까. 그들은
제 성문을 걸어 잠그고 비바람이 몰아치는 캄캄한 밤에
폐하께서 고초를 겪게 모른 척하라는 명령을 내렸습니
다. 하지만 저는 위험을 무릅쓰고 폐하를 찾아뵙고서 불
과 음식이 준비된 곳으로 모시려고 온 것입니다.

리어 나는 우선 이 철학자와 얘길 더 나누고 싶다. (에드거에
게) 도대체 천둥은 어떻게 해서 생기는 것인가?

켄트 폐하, 저분 말씀대로 하십시오. 그 집으로 가시지요.

리어 이 테베(그리스의 도시)의 현자와 얘길 더 나누고 싶다. 무슨 공부를 하고 있는가?

에드거 악마를 피하고 이를 잡아 죽이는 걸 연구합니다.

리어 사적으로 하나만 더 물어보겠다.

켄트 (글로스터에게) 한 번만 더 권해 보십시오. 폐하께서 정신이 좀 이상해지신 것 같습니다.

글로스터 비록 그렇다 치더라도 어찌 폐하를 비난할 수 있단 말입니까?

(폭풍우가 계속된다.)

글로스터 폐하의 딸들이 목숨을 노리고 있는데……. 가, 훌륭한 켄트 백작! 가엾게도 추방된 그분이 이렇게 되리라고 이미 경고하셨어요! (켄트에게) 당신은 폐하께서 실성한 기운이 보인다고 했는데 나야말로 미칠 지경이오. 내겐 자식이 하나 있었소. 지금은 혈연을 끊었지만, 그놈이 날 죽이려 하지 않았겠소. 최근에 말이요. 그런데 난 그놈을 이 세상 그 어떤 아비보다 극진히 사랑했어요. 사실, 그 슬픔 때문에 난 정말 미칠 것 같소.

(폭풍우가 계속된다.)

글로스터 무슨 놈의 날이 이럴까! (리어에게 접근하며) 황공하
오나, 폐하!

리어 아, 용서하오. (에드거에게) 철학자 선생, 함께 갑시다.

에드거 (얼굴을 돌리며) 톰은 몹시 추워요!

글로스터 (에드거에게) 이봐, 넌 오두막 안으로 들어가거라.
그 속에서 몸을 녹이라고.

켄트 이쪽입니다, 폐하!

리어 저 사람하고 함께 갈 테다! 철학자 선생하고 함께 있고
싶다.

켄트 (글로스터에게) 폐하의 말씀대로 하십시오. 저 사람을 함
께 데려가세요.

글로스터 그래요. 함께 데리고 갑시다.

켄트 (에드거에게) 이봐, 따라와! 같이 가자.

리어 자, 아테네의 철학자 선생, 갑시다.

글로스터 (모두에게) 조용히 해. 쉿!

에드거 (노래한다.)

어린 롤런드가 어둠의 탑에 다다르다.
그는 언제나 같은 암호를 썼지.
"파이, 포, 펌, 영국인의 피 냄새를 맡는다."

(모두 퇴장)

5장

(콘월과 에드먼드 등장. 에드먼드는 그의 아버지를 배신해, 비밀 편지를 콘월에게 건네주려 한다.)

콘월 집을 떠나기 전에 반드시 복수할 테다.

에드먼드 (비통한 듯) 공작님, 부자간의 천륜을 어기면서까지 각하께 충성을 다했다는 소문이 퍼질 텐데…… 생각만 해도 너무 두렵습니다.

콘월 이제 모든 것을 알겠다. 자네의 형이 아비의 돈숨을 노린 것도 네 형의 흉악한 마음 때문만은 아니었어. 아비에게도 분명히 비난받을 만한 결점이 있어서 슬의를 품게 된 거다.

에드먼드 (반독백조로) 정의로운 일을 하고도 자신을 책망해야 한다니, 내 운명은 얼마나 기구하단 말인가! (비밀 편지를 콘월에게 건네면서) 이것이 아버님께서 말씀하시던 비밀 편지입니다. 이 편지를 보니, 아버님은 프랑스군을 위해 첩자 노릇을 한 게 확실합니다. 오, 하느님이시여! 이러한 역모가 없었고, 내가 밀고자가 아니었다면 얼마나 다행이었을까요!

콘월 나와 함께 공작 부인에게 가세.

에드먼드 이 편지 내용이 사실이라면 공작님께서는 매우 큰

일을 겪으실지도 모릅니다.

콘월 진실이든 아니든 이 사건으로 자네는 글로스터 백작이 되었네. 자네 아버지를 당장에 체포할 수 있도록 조금도 시간을 지체해서는 안 되네.

에드먼드 (방백) 폐하를 돕고 있는 현장이 발각되면 아버지의 혐의는 더욱 굳어질 거다. (콘월에게) 충성과 효도 사이에서 고통이 클지언정, 마지막까지 충성하겠습니다.

콘월 자네만 믿겠네. 아버지의 사랑보다 더 큰 사랑을 얻게 될 것이네.

(모두 퇴장)

6장

(변장한 켄트와 글로스터 등장)

글로스터 그래도 들판보다 여기가 나으니 고맙다고 생각해
줘요. 폐하를 편안히 모시기 위해 무슨 일이든 할 작정
입니다. 곧 돌아오겠습니다.
켄트 폐하께서는 너무 진노하셔서 분별력을 잃으셨습니다.
친절하신 나리께 하느님도 축복을 내리실 겁니다!

(글로스터, 황급히 퇴장. 리어, 에드거, 광대 등장)

에드거 (바닥에 귀를 댄 채 뭔가를 듣는 척하며) 악마 프라테레토
가 나를 부른다. 네로 왕이 지옥의 호수에서 낚시한다고
하네. (광대에게) 기도라도 해서 더러운 악마가 붙지 못
하도록 하라.
광대 (리어에게) 아저씨, 미친 사람이 신사인가요, 다니면 농
사꾼인가요? 제발 가르쳐 줘요.
리어 왕이다, 왕!
광대 아니야, 시골 농사꾼이야. 시골 농사꾼 아들이 신사가
된 거지. 제 아들이 저보다 먼저 신사가 되는 꼴을 보자
미쳐 버린 농사꾼이지.

리어 (화를 내며) 1,000마리 악마가 빨갛게 달아오른 쇠꼬챙이를 손에 들고 '쉿, 쉿' 소리를 내지르면서 그 딸년들에게 덤벼들면!

에드거 더러운 악마가 내 등을 깨문다.

광대 늑대가 순하다 믿고, 말이 건강하다 믿고, 소년의 사랑이 오래간다 믿고, 창녀의 맹세를 진심이라 믿는 놈이 진짜 미친 거지.

리어 그렇게 하고야 말 테다. 그년들을 반드시 법정에 올려서 심문하겠다. (좌우를 둘러보다가 그곳에 두 개의 낡은 책상이 있는 것을 발견한다. 거너릴과 리건이 법정에 호출되어 온 것으로 착각한다. 그래서 에드거에게) 똑똑한 너는 이곳에 앉고, 안 돼! 너희 암여우들은…….

에드거 저기 악마가 서서 노려보고 있어요! 부인, 재판하는데 방청객이 필요하지요? (노래한다.)

개울 건너 내게로 오라.

광대 (노래한다.)

그녀의 배는 물이 새는구나.

그래서 말을 못 하네.

그대에게 못 가는 이유를.

에드거 더러운 악마가 소쩍새 소리를 내며 불쌍한 톰을 쫓아다녀요. 악마 호프댄스가 싱싱한 청어 두 마리만 달라고 소리를 지르네요. 이 사악한 악마야, 찡얼거리지 마! 너에게 줄 음식은 없단다.

켄트 (리어에게) 왜 그러십니까? 넋을 빼고 계시지 마시고, 자
리에 누워 쉬세요.

리어 먼저 재판을 열어야 해. 증인들을 불러들여라. (에드거에
게) 법복을 입은 재판관님, 이제 자리에 앉으세요. (광대
에게) 넌 배석 재판관이니 그 옆에 앉아라. (켄트에게) 넌
특명 재판관이니 거기에 앉고.

에드거 공정한 재판을 합시다. (노래한다.)

즐거운 양치기야! 자느냐, 깨어 있느냐?

네 양 떼가 옥수수 밭으로 들어갔다.

네 입을 벌리고 크게 소리 지르렴.

그 소리는 양 떼에게 아무 피해도 주지 않는단다.

야옹! 고양이는 회색이야.

리어 먼저 저년을 심문하라. 거너릴 말이다. 존경하는 여러
분 앞에서 엄숙히 선서합니다. 바로 저년이 자기 아버지
인 불쌍한 국왕에게 발길질했습니다.

광대 부인, 이리 나와요. 이름이 거너릴이지?

리어 부인할 수 없을 것이다.

광대 원, 이런! 난 당신을 걸상으로 알았네요.

리어 여기에 한 사람 더 있소. 뒤틀린 그 면상을 보면 마음이
어떻게 생겨 먹었는지 알 수 있을 거요. 그년을 꼭 붙잡
아! 무장하라! 칼로, 불로! 이 법정도 부패했다. 부정한

재판관이여, 왜 저년을 도망치게 했소?

에드거 정신 차리세요!

켄트 오, 맙소사! (리어에게) 폐하, 폐하께서 늘 자랑하시는 그 인내심은 어디로 갔습니까?

에드거 (방백) 이렇게 동정의 눈물을 흘리다가는 내 연극이 금방 탄로 나겠는걸.

리어 저 봐! 트레이, 블란치, 스위트허트, 이 작은 강아지들까지 날 보고 짖어 대는구나. (개들에게 에워싸여 있다는 환각을 일으켜, 겁에 질려 이리저리 도망 다닌다.)

에드거 (리어의 몰골을 차마 바라볼 수 없어서) 톰이 모자를 던져서 강아지들을 쫓겠소. 저리 가, 이 개새끼들!
주둥이가 희든 검든
깨물면 독이 나온다.
집 개, 사냥개, 똥개,
사냥개, 발바리, 암캐, 염탐 개,
짧은 꼬리 삽살개, 긴 꼬리 복슬 강아지,
톰 때문에 개새끼들은 짖어 대며 울부짖는다.
모자를 이렇게 휙 던지면
개들은 문지방을 뛰어넘어 모두 달아나네.
(개 떼들을 쫓는 흉내를 내면서 모자를 패대기친다.) 덜덜덜, 아이고, 추워! 자, 밤샘 잔치에 가자. 한마당 잔치에 가자. 장거리로 가자. 불쌍한 톰, 네 동냥 바가지는 텅 비었

구나.

리어 다음엔 리건을 해부해 주시오. 그년 심장에 무엇이 있나 보고 싶소. 잔인한 마음이 생길 때는 반드시 조물주에게 무슨 피치 못할 이유가 있었을 게 아니오? (에드거에게) 이보시오. 난 당신을 100명의 시종 안에 끼워 주겠소. 다만, 당신의 옷이 내 마음에 안 들어. 페르시아식이라고는 말하겠지만, 암튼 갈아입어요.

켄트 폐하, 이제 여기 누워서 쉬십시오.

리어 조용히 해. 휘장을 쳐. 그래, 그래. 저녁 식사는 아침에 먹을 거야.

광대 난 정오에 잠자러 가야겠네.

(글로스터, 급히 등장)

글로스터 (켄트에게) 이봐요, 이리 와 봐요. 폐하께서는 어디 계시오?

켄트 여기 계십니다. 건드리지 마십시오. 지금 제정신이 아니십니다.

글로스터 여보게! 폐하를 안아 일으키시오. 폐하 암살 음모가 있다는 소문을 들었소. 들것을 준비해 놓았으니 거기 태워서 급히 도버까지 모시고 가시오. 그곳에 도착하면 환영과 보호를 받을 것이오. 어서 폐하를 안아 일으키시오. 30분만 지체했다간 폐하는 물론 여러분의 목숨까지도 위험하오. 당장 폐하를 안아 일으켜요. 어서 날 따라와요. 여행에 필요한 물건을 준비한 곳으로 안내하겠소.

켄트 (잠자고 있는 리어를 보면서) 지쳐 잠이 드셨습니다. 이렇게 휴식을 취하시면 폐하의 광기가 진정될지도 모릅니다. 물론 그렇지 않으면 치유되기가 쉽지 않을 것입니다. (광대에게) 자, 도와 다오. 폐하를 안아 일으키자! 너도 따라와야 해.

글로스터 자, 갑시다!

(켄트와 글로스터가 리어를 안아 일으켜서 퇴장. 광대도 따라 들어간다. 에드거만 홀로 남는다.)

에드거 지위가 높으신 분들도 고난을 견디는 걸 보니 우리의 불행을 단지 원망만 할 수는 없다. 편안하고 즐거운 생활을 멀리하고 홀로 고통받는다는 것은 정말 잔인한 일이다. 하지만 슬픈 순간에도 벗이 있고 고통의 순간에도 친구가 있다면 마음의 아픔은 쉽게 견딜 수 있지 않을까. 내가 견딜 수 없으리라 생각했던 고통이 왕에게도 있다는 것을 알고 나니, 나의 상처도 훨씬 가벼워지고 견디기가 편해진 것만 같다. 왕은 딸들 때문에, 그리고 나는 아버지 때문에 고통을 받는구나! 자, 톰! 어서 가거라! 높은 사람들의 소문을 잘 살펴야 한다. 그래야만 네 명예를 망쳐 놓은 소문과 오해가 깨끗하게 씻기고, 너의 정당함이 입증될 것이다. 그렇게 되면 너는 네 본래의 신분으로 돌아가게 되고, 부자간의 화해도 이루어질 것이다. 그때가 되면 세상에 너를 밝혀라. 오늘 밤 무슨 일이 벌어지더라도 폐하께서 무사히 피신하셨으면 좋겠다! 자, 숨자, 숨어! (퇴장)

7장

(콘월, 리건, 거너릴, 에드먼드, 기타 하인 등장)

콘월 (거너릴에게) 올버니 공작께 가셔서 이 편지를 보이십시오. 프랑스군이 이미 상륙했답니다. (시종에게) 반역자 글로스터를 찾아오라!

(하인 몇 명 퇴장)

리건 즉시 교수형에 처하시오.

거너릴 그자의 눈을 뽑아 버려요.

콘월 그자는 내게 맡겨 두세요. 에드먼드, 자네는 우리 처형을 모시고 가요. 반역자인 그대의 아버지에게 우리가 하는 복수를 자식으로서 눈 뜨고 볼 수 없는 일 아니겠소. 올버니 공작에게 가거든 빨리 전쟁 준비를 하라고 해요. 우리도 준비할 테니 말이에요. 우리 사이의 정보 교환은 빨리 이루어져야 할 것입니다. (거너릴에게) 잘 가시오, 처형! 글로스터 백작도 잘 가요.

(오즈월드 등장)

콘월 어떻게 되었나? 폐하는 어디 계시지?

오즈월드 글로스터 백작이 모시고 갔습니다. 왕을 찾던 서른 대여섯 명이나 되는 왕의 기사들이 왕을 만나자, 글로스터 백작의 시종들과 한패가 되어 왕을 모시고 도버 쪽으로 갔습니다. 그곳에는 자기편 군대가 기다리고 있다고 하지 뭡니까.

콘월 공작 부인이 타실 말을 준비하라.

거너릴 (콘월에게) 안녕히 계세요, 공작님! 동생도 잘 있어라.

콘월 에드먼드, 잘 가시오.

(거너릴, 에드먼드, 오즈월드 퇴장)

콘월 (시종에게) 당장 반역자 글로스터를 잡아 와라. 도둑놈을 잡을 때처럼 팔을 꺾어서 내 앞에 끌고 와라.

(다른 하인들 퇴장)

콘월 사법 절차 없이 그놈에게 사형 선고를 내리는 것은 안 되겠지만, 분노한 마음을 달래기 위해 내 권력을 행사할 것이다. 비록 비난은 받을지 모르지만, 그 비난기 나를 막지는 못할 것이다.

(하인들, 글로스터를 끌고 다시 등장)

콘월 누구냐? 반역자냐?

리건 배은망덕한 여우! 바로 그자로군.

콘월 그놈의 말라빠진 두 팔을 꽉 묶어라.

글로스터 무자비한 부인 같으니. 두 분은 내 집 손님으로 오셨습니다. 이게 무슨 행패입니까?

콘월 그자를 묶으라니까!

(하인들이 글로스터를 결박한다.)

리건 더 세게 단단히 묶어라. 이 더러운 반역자!

글로스터 정말 무정한 부인이시군요. 저는 그런 사람이 아닙니다.

콘월 이 의자에 묶어라. 너에게 본때를 보여 주겠다.

(하인 여럿이 글로스터를 의자에 묶는다. 이때 리건이 일어서더니 글로스터의 수염을 뽑는다.)

글로스터 하느님, 맙소사! 내 수염을 뽑다니. 이런 무례한 일이 어디 있소!

리건 이렇게 흰 수염을 달고서 배반을 해?

글로스터 부인, 이건 너무 악랄한 짓입니다. 당신이 내 턱에서 뽑아낸 수염이 한 올 한 올 다시 살아나 당신의 죄를 고발할 것이오. 난 당신들을 친절하게 환대한 이 집 주인이오. 그런데 날도둑놈처럼 나를 욕보이는 거요? 앞으로 어떻게 하려고 그러오?

콘월 자, 프랑스에서 어떤 편지를 받았느냐?

리건 정직하게 대답하라. 모든 걸 이미 다 알고 있으니까.

콘월 최근 우리나라에 상륙한 반역자들과 어떤 음모를 벌였느냐?

리건 미친 국왕을 어디에 넘겼어? 빨리 말해.

글로스터 추측으로 쓴 편지를 받았소. 하지만 어느 쪽을 편드는 사람도 아니고, 적에게 온 편지도 아니오.

콘월 이 교활한 것!

리건 다 거짓말이야.

콘월 왕을 어디에 보냈는가?

글로스터 도버로 보냈소!

리건 왜 도버로 보냈지? 그 이유를 한번 들어 보자.

글로스터 이렇게 기둥에 묶여 있으니 이런 습격을 당해도 어쩔 수 없군.

리건 왜 도버에 보냈냐니까?

글로스터 왜냐고? 나는 잔인한 당신의 손톱이 가엾은 늙은 왕의 두 눈을 빼는 걸 볼 수 없었다. 또 악마 같은 당신 언니의 산돼지 같은 송곳니가 폐하의 옥체를 물어뜯는 것을 보고 있을 수 없었다. 지옥처럼 깜깜한 밤에 폐하께서는 모자도 안 쓰시고 거친 폭풍우를 맞으며 고초를 견디셨다. 그 폭풍우는 바다를 휘감고 공중으로 치솟아 별빛마저 꺼 버릴 정도였다. 하지만 가엾은 폐하께서는 당신의 눈물을 폭우에 더하셨을 뿐이다. 그 무서운 밤에는 늑대가 집 문 앞에 와서 사납게 으르렁거리더라도 "문지기야, 문을 열어 주렴!" 하고 말하는 것이 인정이 아니겠는가. 짐승도 그런 정을 안다고 하는데, 인간의 탈을 뒤집어쓰고 어찌 그럴 수가 있는가. 나는 죽기 전까지 날개 달린 복수의 신이 그 딸들에게 벌을 내리는 것을 반드시 보고야 말 테다.

콘월 그건 절대로 보지 못할 것이다. (하인들에게) 의자를 꽉 잡고 있어.

(하인들이 달려들어 글로스터를 의자에 밀어붙인다. 콘월이 다가온다.)

콘월 네놈의 두 눈을 내 발로 짓이겨 주겠다.

글로스터 늙어 죽을 때까지 살고 싶은 사람이 있다면 나를 도와 다오. 오, 잔혹하구나! 오, 신이시여!

리건 한쪽 눈만 빼면 다른 쪽 눈이 비웃을 테니 마저 빼 버리세요.

콘월 복수의 신을 만나거든……. (다시 글로스터에게 달려든다. 시종 한 사람이 옆에서 끼어들며 말린다.)

하인1 공작님, 참으십시오! 저는 어려서부터 공작님을 모셔 왔습니다. 하지만 지금 공작님을 말리는 일이 충절을 다 하는 것이라고 생각합니다.

리건 뭐라고? 이 개 같은 것아!

하인1 (리건을 노려보며) 마님 턱에 수염이 달려 있다면 그 수 염을 잡고 흔들어 싸움을 청하고 싶습니다.

(콘월이 칼을 뽑는다.)

하인1 왜 그러십니까?

콘월 이 종놈아!

하인1 (칼을 뽑으며) 그럼 할 수 없군요. 나도 화가 치밀었으니 한번 붙어 봅시다.

(모두 놀라서 웅성거린다. 그러는 와중에 콘월이 손에 상처를 입는다. 리건은 애를 태운다.)

리건 (다른 하인에게) 칼을 다오. 이놈아, 발칙한 놈! (칼을 받아 들고 뒤로 가서 하인1을 찌른다.)

하인1 아이고, 이젠 죽겠구나! (글로스터에게) 백작님, 눈 하나가 남아 있으니 원수 놈에게 상처를 입힌 걸 보십시오. 아이고! (죽는다.)

콘월 다른 한쪽 눈도 뽑아 주마. (글로스터에게 달려들어 한쪽 눈을 뽑아 땅에 패대기친다.) 에잇, 더러운 것! 자, 이래도 밝은 빛이 보이느냐?

글로스터 아, 모든 것이 컴컴해졌구나! 내 아들 에드먼드는 어디에 있느냐? 에드먼드야, 네 효심을 다 모아 이 악행에 복수해 다오.

리건 닥쳐라, 이 반역자야! 네놈이 찾는 아들은 네놈을 증오하고 있다. 네놈의 역모를 우리에게 폭로한 자가 바로 네놈의 아들이다. 에드먼드는 마음이 착하니 너 같은 놈을 동정하지 않는다.

글로스터 오, 내가 어리석었구나! 에드거가 모함을 당했군. 오, 인자한 신들이여! 저를 용서해 주십시오. 그리고 에드거에게 은총을 베푸소서!

리건 저놈을 성문 밖으로 냉큼 내쫓아라! 도버까지 냄새나 맡으면서 가라고 해.

(하인 한 사람, 글로스터와 함께 퇴장)

리건 (콘월에게) 왜 그러세요? 왜 얼굴빛이 그래요?

콘월 상처를 입어서 그렇소. 자, 나를 따라와 보시오. (시종에게) 눈 없는 그 악당을 쫓아내. 그리고 이 죽은 잡놈은 쓰레기더미에 갖다 버려. 리건, 그런데 피가 너무 많이 흐르고 있소. 가장 중요한 때에 이렇게 상처를 입다니. 나를 부축해 주시오.

(리건, 콘월을 부축하며 퇴장)

하인2 이런 인간이 잘된다면 나도 사악한 짓을 저지르겠다.
하인3 저런 년이 오래 산다면 여자들은 모두 괴물이 되고 말 것이다.
하인2 글로스터 백작님을 따라가서 그 미친 거지 놈에게 백작님이 가고 싶은 데로 모시고 가라고 하자. 미친 떠돌이 거지니까 무슨 짓을 해도 의심을 받지 않고 어디든 모셔다 드릴 거야.
하인3 먼저 가게나. 나는 배와 달걀흰자를 얻어 가겠네. 저 피투성이가 된 얼굴에 그걸 붙여 드릴 거야. 하느님, 그분을 도와주소서!

(하인들 제각각 퇴장)

4막

King Lear

1장

(미친 거지로 변장한 에드거 등장)

에드거 이렇게 멸시를 당하는 것이 아첨하면서 속으로 비웃는 꼴을 보는 것보다 더 낫다. 인생에서 가장 힘든 역경에 처해 있더라도 더 나은 희망이 있으니 두려을 게 없다. 슬퍼할 일은 행운의 절정에서 추락할 때다. 하지만 최악의 순간으로 곤두박질을 치고 나면 인생은 다시 웃음을 되찾게 되는 법이다. 바람아, 불어라! 나는 너를 품에 안으마. 너로 말미암아 나는 최악의 순간으로 떨어졌다. 하지만 이젠 네가 아무리 거세게 불어와도 아무렇지도 않다. 아, 누가 오나 보다!

(한 노인에게 이끌려서 글로스터 등장)

에드거 아버님이구나. 초라한 옷차림을 한 노인에거 이끌려서 오셨구나! 아, 세상에. 세상이 원망스럽구나! 사람들은 이런 운명의 장난에 지쳐 세상을 혐오하게 되는 거다.
노인 아, 백작님! 저는 팔십 평생을 백작님의 선친 떠부터 줄곧 종노릇을 해 왔습니다.

글로스터 저리 가라. 가 보거라! 나에게는 자네의 친절함이
아무런 도움이 안 된다. 나는 지금 자네를 해칠지도 모
르네.

노인 하지만 앞을 못 보시잖아요.

글로스터 나는 갈 길이 없다. 그러니 눈도 필요 없다. 눈으로
볼 적에는 오히려 돌에 채곤 했다. 우리는 의지할 사람
이 있으면 방심하기 쉽다. 하지만 아무것도 없으면 오히
려 조심하게 된다. 아, 사랑하는 아들 에드거! 너는 현혹
된 내 분노의 제물이 되었구나! 내 생전 너를 한 번만이
라도 만져 볼 수만 있다면, 나는 내 눈을 찾은 거나 다름
없을 것 같구나.

노인 (에드거에게) 거, 누구요? 거기 서 있는 사람은?

에드거 (방백) 오, 신이시여! 이 세상 그 누가 "나는 지금 가장
비참하다."라고 할 수 있을 것인가? 나는 지금까지 살면
서 가장 비참했던 그때보다 비할 수 없이 더욱 비참해
졌다.

노인 (에드거에게) 이봐, 어디 가는가?

글로스터 거지인가?

노인 미쳐 버린 거지입니다.

글로스터 그런데 완전히 미치지는 않은 모양이군. 구걸할 수
있다면야. 어젯밤 폭풍우 속에서 그런 놈을 만났다. 그
녀석을 보니 사람이 벌레와 다를 바 없다는 생각이 들더

군. 그때 갑자기 내 자식 놈 생각이 떠올랐지. 그때만 해도 그 아들놈을 용서하고 싶은 마음은 하나도 없었다네. 그런데 진실을 알게 된 건 그 뒤지. 신들은 개구쟁이 소년들이 파리를 갖고 놀듯 그렇게 쉽게 다룬단 말이다. 신들은 인간을 장난삼아 죽이고 있는 것 같아.

에드거 (방백) 이럴 수가. 슬픈 사람을 두고 바보 노릇을 하는 것은 괴로운 일이다. 모두가 다 화가 나니까 말이야…… 안녕하십니까, 나리!

글로스터 그 벌거숭이 미친 거진가?

노인 네, 그렇습니다.

글로스터 (노인에게) 그럼 자네는 가 보게. 만일 도버로 가는 길을 한두 마일쯤 따라올 생각이라면 옛정을 생각해서라도 좀 도와주게. 그 대신 그 벌거숭이 거지에게 입힐 옷을 갖다 주게. 그 녀석에게 길 인도를 부탁할 참이니까.

노인 당치 않습니다. 저놈은 미친놈입니다!

글로스터 미친놈이 소경의 길잡이 노릇을 하는 것도 일종의 재앙이라고 볼 수 있을 테지. 하지만 내가 시키는 대로 해. 싫으면 자네 마음대로 하고. 어서 돌아가 줘.

노인 어떻게 되든 제가 가진 옷 가운데 가장 좋은 옷을 가져오겠습니다. (퇴장)

글로스터 이봐, 벌거숭이야!

에드거 불쌍한 톰, 추워요! (방백) 더는 속일 수가 없구나.

글로스터 이리 오렴.

에드거 (방백) 그래도 계속 속일 수밖에 없지, (글로스터에게) 아이고, 맙소사! 저 눈 좀 봐. 저 눈에서 피가 흐르네요!

글로스터 자네는 도버로 가는 길을 아는가?

에드거 층계로 가는 길, 대문으로 가는 길, 말 타고 가는 길, 걸어가는 길 다 알지요. 톰은 악마 때문에 놀라 제정신을 잃어버렸어요. 당신은 양반집 자제분이니, 부디 악마를 조심해요! 이 불쌍한 톰에게는 한꺼번에 악마가 다섯 마리나 붙었어요. 욕정의 오비디컷, 어리석음의 마왕 호비디던스, 도둑질하는 마후, 살인하는 모도, 하녀와 시녀를 홀리는 플리버디지벳이지요. 그러니까 나리, 조심하셔야 해요!

글로스터 자, 이 돈주머니를 받으렴. 너는 하늘이 내린 재앙을 달갑게 받고 어떤 불행도 참아 내는구나. 내 처지가 이리 비참하니 네가 오히려 행복해 보인다. 하느님이시여, 늘 이렇게 단죄해 주소서! 지나치게 쾌락을 좇는 자들, 하늘의 명령을 하찮게 여기는 자들, 남의 궁핍함을 돌보지 않는 자들에게 하느님의 힘을 보여 주소서. 많이 가진 자들의 것을 거두어서 모두가 풍족하게 갖게 하소서. (에드거에게) 자네, 도버를 아는가?

에드거 잘 알지요, 영감님.

글로스터 거기에 절벽이 하나 있다. 높이 깎아지른 듯이 솟아
 오른 절벽 꼭대기는 바다를 굽어보고 있다. 그 절벽까지
 나를 데려가 다오. 그러면 내가 가진 값진 보화를 다 줄
 테다. 그러면 네 궁핍함이 훨씬 나아질 것이야. 그 뒤로
 는 날 더는 안내할 필요가 없다.

에드거 제 손을 꼭 붙잡으세요. 불쌍한 톰이 안내해 드리
 지요.

(두 사람 퇴장)

2장

(거너릴과 이제 백작이 된 에드먼드 등장)

거너릴 어서 와요, 백작님! 그런데 무슨 일일까. 우리 남편이
마중을 안 나왔네.

(오즈월드 등장)

거너릴 (오즈월드에게) 공작님은 어디에 계시지?

오즈월드 안에 계십니다. 하지만 완전히 다른 사람처럼 변해
버리셨어요. 적군의 군대가 상륙했다고 말씀드렸더니
웃기만 하시고, 마님께서 돌아오셨다고 해도 "잘못됐
어."라고만 하세요. 그리고 늙은 글로스터 백작의 반역
과 그 아드님의 충성에 대해서 말씀드렸더니 글쎄 저더
러 멍청이라고 하시네요. 이렇게 모든 걸 반대로 이야기
한다면서 호통을 치시는 거예요. 가장 싫어하셔야 할 것
을 좋아하시고, 가장 좋아하셔야 할 것을 싫어하시지 뭡
니까!

거너릴 (에드먼드에게) 그럼 당신은 돌아가시는 게 좋겠어요.
그분은 모진 구석이 없어서 일을 정확하게 매듭짓는 것
을 못 하세요. 모욕을 당해도 복수할 줄을 모르고 못 본

체하는 사람인 걸요. (목소리를 낮추어) 오면서 이야기했던 건 우리가 바라는 대로 될 거예요. 에드먼드 님, 시동생에게 돌아가세요. 하루빨리 군대를 소집해서 지휘하세요. 나와 남편은 할 일을 맞바꿀 거예요. 난 병력을 지휘하고, 그 사람에게는 바느질할 실패를 줘야 할 거예요. 그리고 이 하인이 우리 사이를 오고 가게 할 거예요. 만일 당신이 성공하기 위해 일할 용기만 있다면 한 부인이 어떤 명령을 내릴 거예요. 이걸 몸에 지니고 다니세요. (사랑의 선물을 준다.) 아무 말 하지 마시고, 머리를 좀 수그리세요. (키스하며) 이 키스가 말할 수 있다견 당신은 하늘로 날아갈 듯한 기분이 되실 거예요. 이 키스의 뜻을 잘 되새기세요. 그럼 잘 가요.

에드먼드 (무릎을 꿇은 채) 당신을 위해서라면 목숨도 아끼지 않겠습니다!

거너릴 아, 나의 사랑하는 글로스터!

(에드먼드 퇴장)

거너릴 오, 같은 남자인데도 어쩌면 이렇게 다를까! 당신이야말로 여자의 사랑을 받을 만해요. 우리 집 남자는 그저 내 몸만 차지하고 있을 뿐인걸.

오즈월드 마님, 공작님께서 오십니다. (황급히 퇴장)

(올버니 등장)

거너릴 예전에는 휘파람을 불며 날 환영해 주셨는데…….

올버니 오, 나의 거너릴! 당신은 당신의 얼굴을 때리는 바람 속의 먼지만도 못한 여자요! 난 당신의 그 성질이 걱정이오. 자기를 낳아 준 어버이도 업신여기는 성품을 지녔는데, 어찌 진정한 인간의 도리를 다할 수 있겠소? 자기를 낳아 길러 준 어버이에게서 제 몸을 도려내는 여자는 훗날 반드시 엄청난 파국을 맞이하게 될 것이오.

거너릴 어설픈 설교를 하려거든 그만둬요. 듣기 싫어요!

올버니 악당에게는 지혜롭고 선한 가르침도 악하게만 들리는 것이오. 더러운 것들에게는 더러운 것만 느껴지는 법이오. 도대체 당신은 무슨 짓을 한 거요? 그게 호랑이나 할 짓이지, 딸이 할 짓이오? 어찌 그런 일을 저지를 수 있느냐는 말이오. 당신은 아버지를 미치게 했소. 성질 난 곰조차 손을 핥으려고 할 그 부드러운 노인을 말이오. 당신보다 더 잔인하고 무정한 짓을 하는 자는 없을 것이오. 콘월 공작이 그런 짓을 가만히 보고 있었단 말이오? 폐하께 큰 은혜를 입고 왕족이 된 그 사람이 말이오! 하늘에서 신령을 빨리 내려보내 이런 흉측한 행위를 없애 버리지 않는다면 인간은 서로 잡아먹게 될 것이오.

거너릴 이런 소갈머리 없는 바보 같으니! 당신은 때려 맞기 위해 뺨을 가지고 다니고, 모욕을 당하기 위해서 거리를 달고 다니는 거군요. 이마에 눈이 달려 있어도 경예와 치욕을 식별할 줄 모르는 사람은 바로 당신이에요. 악당이 벌일 악행이 사전에 차단당했다면, 그들이 아직 악한 일을 저지르지도 않았는데 안 됐다며 그들을 불쌍히 여길 사람이에요. 당신 북은 어디 있지요? 프랑스 왕은 군기를 휘날리고 깃털을 꽂은 투구를 쓰고 이 평화로운 나라에 쳐들어오는데 당신은 지금 뭐 하고 있는 거지요? 당신은 "아, 왜 저러는 거지?" 하며 헛소리나 하고 있겠단 말이잖아요.

올버니 이 사악한 악마야! 너를 자세히 보라! 악마는 본래 흉측한 얼굴을 하고 있지만, 여자의 탈을 쓰고 있으니 더욱더 무섭도다.

거너릴 이 멍청한 겁쟁이!

올버니 여자로 모습을 바꾸어 본성을 숨기고 있는 이 괴물 같은 악마야! 그래도 부끄러움을 알거든 더는 악마의 모습을 발현하지 말라! 내가 화가 치밀어 오르는 날에는 너의 살과 뼈는 박살이 난다. 하지만 아무리 악마라 해도 여자의 탈을 뒤집어쓰고 있으니 그저 살겨 두는 거다.

거너릴 어머나, 정말 용기가 대단하시구려!

(사신 등장)

올버니 무슨 일이냐?

사신 오, 공작님! 콘월 공작님께서 돌아가셨습니다. 글로스터 백작의 한쪽 눈을 마저 빼려고 하시다가 하인의 칼에 찔렸습니다.

올버니 뭐? 글로스터의 눈을?

사신 그는 오랫동안 봉사해 온 하인입니다. 하지만 자기 주인이 글로스터 백작의 눈을 빼려는 것을 보고 그것을 막으려 하다가 칼을 빼서 공작님께 대들었습니다. 공작님께서도 화가 나셔서 그자에게 달려들어 결국 그의 숨을 끊어 버렸습니다. 그때 공작님께서도 큰 상처를 입으셨습니다. 그 때문에 결국 공작님은 세상을 뜨셨습니다.

올버니 이거야말로 정의의 신이 존재한다는 증거다. 이 세상 죄악에 이렇게 빨리 벌을 내리시다니! 아, 가엾은 글로스터 백작! 그래, 한쪽 눈까지 잃었는가?

사신 두 눈 모두 다 잃었습니다, 공작님. (거너릴에게) 이 편지는 마님의 동생께서 보내신 것입니다. 당장 답장을 주십시오.

거너릴 (방백) 오히려 잘 되었지. 하지만 동생은 과부가 됐는데……. 나의 글로스터가 동생과 함께 있으면서 내가 겨우 만들어 놓은 사랑의 탑이 무너지면 어떡하지. 나에게 남는 것은 따분한 일상뿐인데. 하지만 한편으로 생각하면 이 소식은 그리 나쁜 것도 아니야. (사신에게) 다 읽은 다음에 답장을 보내겠다. (퇴장)

올버니 글로스터의 눈을 뺄 때 에드먼드는 어디에 있었는가?

사신 마님과 이리로 오고 있었습니다.

올버니 여기엔 안 왔는데.

사신 그럴 것입니다. 돌아가시는 길에 제가 뵈었으니까요.

올버니 그도 이 잔인한 소행을 아는가?

사신 당연하지요, 공작님! 자신의 아버지를 고발한 분도 바로 그분이지요. 자기 아버지를 마음대로 벌하라고 일부러 그곳을 피했습니다.

올버니 (독백하듯) 오, 글로스터 백작! 내가 살아 있는 한 그대가 왕께 바친 충성을 생각하며, 당신 눈에 대한 복수를 반드시 하겠네. (사신에게) 이봐라, 자네가 아는 것이 있거든 좀 더 자세히 말해 다오.

(두 사람 퇴장)

3장

(켄트와 신사 등장)

켄트 왜 프랑스 왕이 그렇게 성급하게 귀국했는지 아시오?

신사 본국에 남겨 둔 문제가 생각이 나서 귀국하셨습니다. 그 일을 내버려 두면 프랑스 안전에 큰 해가 될 것을 우려해서입니다.

켄트 총사령관은 누구로 남겨 두었소?

신사 라 파르 장군입니다.

켄트 왕비께서 그 편지를 보시고 슬퍼하셨나요?

신사 네, 왕비께서는 그 편지를 제 앞에서 읽으셨습니다. 가끔 왕비의 아름다운 뺨에 눈물이 흘러내렸습니다. 왕비께서는 왕비로서의 체통을 지켜 슬픔을 참아 내려고 애쓰셨습니다. 대역적처럼 왕 노릇을 하려는 자신의 감정을 왕비의 위엄으로 억누르려고 하시는 듯했습니다.

켄트 그 편지를 읽어 보시고 나서 마음이 크게 움직이셨군요?

신사 하지만 격분하지는 않으셨습니다. 인내와 슬픔 가운데 어느 것이 왕비의 참마음을 바르게 표현하는 것인지 겨루는 듯 보였습니다. 햇볕이 내리쬐면서 비가 내리는 일이 있지요? 미소와 눈물이 교차하는 왕비의 무르익은 입술에 새겨진 그 미소는 왕비의 눈에 어떤 손님이 와 있는지 모르는 것 같았습니다. 또 그 손님이 눈에서 떠나는 모습은 마치 다이아몬드에서 진주가 떨어지는 듯했습니다. 한마디로 모든 사람이 그렇게 슬픔으로 말미암아 아름답게 보일 수 있다면, 슬픔이야말로 이 세상에서 가장 사랑스럽고 귀중한 것일 겁니다.

켄트 무슨 말씀은 없으셨나요?

신사 사실, 한두 번은 있었습니다. 슬픔에 젖어서 "아버님!" 하고 가슴 깊은 곳에서 우러나오는 탄식이 들려왔습니다. 또 흐느끼면서 "언니들, 언니들! 당신들은 여자의 수치예요! 언니들! 켄트 백작! 아버님! 언니들! 아, 폭풍우 속을? 한밤중에? 이 세상엔 자비도 없다는 말인가!"라고 하셨지요. 그때 별을 닮은 눈에서 성자의 샘물 같은 맑은 눈물을 떨어뜨리셨지요. 그러고 나서 홀로 슬픔을 달래고자 안으로 들어가셨습니다.

켄트 우리 인간의 심성을 결정짓는 것은 저 별들, 저 하늘의 별들이오. 그렇지 않고서 한 부부 사이에서 그렇게 다른 자녀가 생겨날 수야 없지. 그 뒤로는 왕비와 이야기허 보지 못했습니까?

신사 네, 못했습니다.

켄트 이번 일은 프랑스 왕의 귀국 전의 일인가요?

신사 그 뒤의 일이었습니다.

켄트 가엾고 비참한 리어왕께서는 지금 이 마을에 계십니다. 종종 마음이 편하실 때는 우리가 여기에 왜 와 있는지 잘 아십니다. 하지만 코딜리어 왕비를 만나고 싶어 하진 않으세요.

신사 왜지요?

켄트 폐하께서는 큰 부끄러움으로 가슴을 찧고 계십니다. 당신의 수치심 말입니다. 왕비께 드릴 축복을 박탈했을 뿐 아니라, 다른 나라로 추방한 뒤 왕비께서 당연히 차지하실 권리를 개만도 못한 심보를 가진 다른 딸들에게 줬다는 양심의 가책 때문에 마음 아파하시는 것이지요. 마음이 너무 찔려서 불타오르는 듯한 수치심으로 코딜리어 왕비를 못 만나시는 것 같습니다.

신사 아, 불쌍한 분이시군요!

켄트 올버니 공작과 콘월 공작의 군사 소식은 못 들었소?

신사 이미 출전했답니다.

켄트 자, 그러면 당신을 리어왕께 데려가겠습니다. 폐하를 모셔 주세요. 나는 말 못 할 사연이 있어 잠시 신분을 감추어야 합니다. 제 신분이 밝혀지면 나와 알게 된 것을 후회하지는 않을 겁니다. 자, 나와 함께 갑시다.

(두 사람 퇴장)

4장

(고수, 기수들을 거느린 코딜리어, 전의, 사신, 장교, 병사들 등장)

코딜리어 아, 그분이 아버님이야! 방금 만났다는 사람의 말로는 성난 바다처럼 미친 듯이 큰 소리로 노래하고 머리에는 자랄 대로 자란 꽃, 밭이랑 새에 나는 잡초, 우엉, 독미나리, 쐐기풀, 황새냉이, 독보리, 그 밖에 우리가 먹는 곡식 사이에 나는 갖은 잡초로 만든 왕관을 쓰고 계셨다고 해요. 100명의 수색대를 풀어서 잡초가 무성한 들판을 샅샅이 뒤져서 내 앞으로 모셔 오도록 해요.

(한 장교 퇴장)

코딜리어 인간의 지혜로 폐하의 실성함을 고칠 수는 없을까? 폐하의 마음의 병을 고쳐 주는 사람에게는 내가 가지고 있는 것이라면 무엇이든 주리라.
전의 방법은 하나 있습니다, 왕비님. 사람의 생명을 길러 주는 것은 휴식입니다. 폐하께서는 그 휴식이 부족하십니다. 휴식을 취하게 도와드릴 수 있는 영험한 약초가 많이 있습니다. 그 약초의 신통력만 빌리면 고민하는 마음에 단잠을 불러들일 수 있을 것입니다.

코딜리어 (독백하듯) 이 땅 위의 모든 고귀한 비밀 약재들, 아
직도 이 세상에 알려지지 않은 신비한 모든 약초는 내
눈물을 먹고 자라라! 그래서 착한 분의 고뇌를 고쳐 다
오! 찾아와요, 아버님을 찾아와요! 날뛰는 광기 때문에
이성을 잃고 목숨을 버리실지 모르니까.

(사신 등장)

사신 왕비께 아룁니다. 영국 군대가 이리로 진격해 오고 있
습니다.

코딜리어 이미 알고 있다. 우리 군대도 대적할 준비가 다 되
었다. (독백하듯) 아, 아버님! 이 전쟁은 오로지 아버님을
위해서입니다! 아버님 때문에 프랑스 왕은 눈물 흘리며
애걸하는 저를 동정해 주셨어요. 허황된 야심으로 전쟁
을 일으킨 건 아닙니다. 사랑, 소중한 사랑 때문입니다.
늙은 아버님의 권리 때문이에요. 빨리 아버님을 뵙고,
아버님의 목소리를 듣고 싶습니다!

(모두 퇴장)

5장

(리건, 오즈월드 등장. 오즈월드는 거너릴로부터 에드먼드에게
보내는 편지를 지참하고 있다.)

리건 형부의 군대는 출전했나요?

오즈월드 네, 출전했습니다.

리건 공작께서 직접?

오즈월드 그냥 억지로 출전하셨습니다. 공작 부인이 더 용맹
하시더군요.

리건 에드먼드 백작과 올버니 공작이 집에서 무슨 의논을 하
지는 않았어요?

오즈월드 안 했습니다.

리건 그분에게 보낸 언니의 편지 내용은 뭐지요?

오즈월드 잘 모르겠습니다.

리건 사실, 그분은 중대한 일로 급히 떠나셨어요. 글로스터의
눈을 빼놓고서 목숨을 살려 두다니 큰 실수였어. 그자는
가는 곳마다 동정을 불러일으켜서 우리에게 칼을 겨
누게 해요. 아마 에드먼드가 떠난 것은 자기 아버지의
비참한 꼴을 차마 볼 수 없어서 그의 눈먼 생명을 끊어
버리기 위해서일 거예요. 또 적의 세력을 염탐할 겸.

오즈월드 그럼 이 편지를 가지고 에드먼드 백작님의 뒤를 쫓

아가야겠습니다.

리건 우리 군대도 내일 출전해요. 가는 길이 위험할 테니 우리 집에 있어요.

오즈월드 그렇게 할 수는 없습니다. 이 일에 대해 공작 부인의 엄명을 받았으니까요.

리건 왜 언니가 에드먼드에게 편지를 보냈을까? 당신을 통해서 말로 전해도 될 텐데? 아무래도 내가 모르는 무슨 꿍꿍이가 있나 봐. (목소리를 낮추어) 내가 사례할 테니 그 편지를 뜯어 보면 안 될까요?

오즈월드 그것은…….

리건 언니는 형부를 사랑하지 않아요. 맞아요, 그래요. 예전에 여기에 왔을 때도 언니가 에드먼드 백작에게 이상야릇한 눈길을 주며 추파 보내는 걸 봤어요. 당신은 언니의 심복이잖아요?

오즈월드 제가요?

리건 난 잘 알고 있어요. 당신은 언니의 심복이에요. 당신에게 할 말이 있으니 잘 들어 봐요. 내 남편은 세상을 떠났어요. 에드먼드 님과 나는 언약했어요. 에드먼드 님의 입장에서도 언니보다 나와 결혼하는 것이 더 나아요. 이쯤 되면 짚이는 것이 있겠지요? 그러니 에드먼드 님을 만나거든 이걸 부디 전해 줘요. 또 언니에게는 이런 사정을 이야기하고, 언니가 현명하게 판단해 단념하라고 전해 주세요. 자, 잘 가요. 그 눈먼 반역자가 있는 곳을 찾아 목을 베기만 하면 누구든 출세하게 될 거예요.

오즈월드 마님, 만날 수 있다면 그 사람을 꼭 만났으면 좋겠습니다! 그럼 제가 누구 편인지 보여 드릴 수 있을 테니까요.

리건 잘 가세요.

(두 사람 퇴장)

6장

(글로스터와 농부 차림을 한 에드거 등장. 글로스터는 자살을
결심하고 있다.)

글로스터 언덕 꼭대기에 도착하려면 얼마나 걸리지?

에드거 지금 올라가고 있어요. 자, 이렇게 힘이 들잖아요.

글로스터 평지 같은데?

에드거 무서울 만큼 험준한 비탈길이에요. 저 바닷소리 안
들려요?

글로스터 아니, 하나도 안 들리는걸.

에드거 눈이 안 보이시니 모든 감각이 아주 둔해졌나 보
네요.

글로스터 그럴지도 모르지. 그런데 이상하게 네 목소리도 달
라졌구나. 예전보다 무척 점잖아졌어. 말도 아주 조리
있게 잘하는구나.

에드거 아니에요. 잘못 아셨습니다. 달라진 것은 입고 있는
옷밖에 없다니까요.

글로스터 말씨가 좀 나아진 것 같아.

에드거 자, 여기예요. 가만히 서 있으세요. 저 아래를 내려다
보면 아주 무섭고 아찔합니다! 절벽 중간쯤에 날고 있
는 까마귀, 다리가 붉은 큰 까마귀는 딱정벌레 정도로

보여요. 또 절벽 중간쯤에 매달려서 회향풀을 캐는 사람이 있네요. 거 참, 저렇게 위험한 직업을 가진 사람도 있네요! 그 사람은 제 머리통밖에는 안 돼 보여요. 바닷가에서 걷고 있는 어부들도 아주 작은 생쥐처럼 보이고요. 저 멀리 닻을 내리고 있는 큰 배는 나룻배처럼 아주 작게 보여요. 또 나룻배는 너무나 작아서 거의 보이지 않는 부표 정도로밖에 안 보이네요. 바닷가에 깔린 조약돌에 부딪치는 성난 파도 소리는 너무 높아서 오히려 잘 들리지 않는군요. 아이고, 못 보겠어요. 머리가 핑빙 돌고, 눈이 아찔해서 거꾸로 곤두박질할 것만 같아요.

글로스터 네가 있는 곳에 나를 세워 다오.

에드거 손을 이리 주세요. 이제 한 발짝만 더 내디디면 낭떠러지입니다. 저는 천하를 다 준다 해도 여기선 못 뛰어내리겠어요.

글로스터 내 손을 그냥 놓아라. 자, 여기 돈주머니가 더 있다. 이 속에는 가난뱅이 눈이 휘둥그레질 정도로 많은 보석이 들어 있다. 요정들과 많은 신이 이것을 늘려 너에게 더 큰 행운을 가져다주기 바란다! 잘 가거라. 나에게도 작별 인사를 하려고 한다. 네가 가는 발소리를 듣게 해 다오.

에드거 어르신, 그럼 안녕히 계십시오.

글로스터 그렇게 하겠다.

에드거 (방백) 절망에 빠진 아버님을 이렇게 놀리는 것은 그 절망으로부터 구원해 드리기 위해서다.

글로스터 (무릎을 꿇고) 오, 전능하신 신들이여! 지금 저는 이 세상을 하직하려 합니다. 당신들이 보는 앞에서 조용히 인생의 큰 고통을 덜어 버리려 합니다. 이 고통을 참아 낼 수 있고, 또 거역할 수 없는 당신의 위대한 뜻에 따라 살아간다고 하더라도 제 육체의 보기 싫은 잔해는 타다 남은 초처럼 모두 타 없어지고 말 것입니다. 만일 에드거가 살아 있다면, 오, 그를 축복해 주소서! 자, 그럼 잘 가거라.

에드거 이렇게 가고 있습니다. 안녕히 계십시오!

(글로스터, 절벽에 뛰어내린 셈으로 넘어진다. 기절한다. 에드거는 불안에 휩싸인다.)

에드거 (방백) 사람이 스스로 제 생명을 잃어버리고 싶을 때는 착각으로 귀중한 생명을 잃을 수도 있는 법. 생각하시던 곳에 가 계신 셈이라면 지금쯤은 생각하실 힘이 없어졌을 것이다. 살아 계신 건가? 돌아가신 건가? (가까이 가서 아주 다른 목소리로) 이봐요, 여보시오! 내 말 들려요? 말 좀 해 봐요! (방백) 정말 이대로 돌아가실지도 모르겠구나. 아, 살아 계신다. (큰 소리로) 당신은 누구시오?

글로스터 저리 가, 날 죽게 내버려 둬.

에드거 당신은 거미줄이요, 새털이요, 공기요? 수십 길 낭떠러지에서 떨어졌으면 달걀처럼 박살이 났을 텐터 아직도 숨을 쉬고 있다니. 상처 하나 없고, 피도 안 흘리고, 말도 하고, 온몸이 아주 멀쩡해요. 돛대 열 개를 이어도 당신이 몸을 던진 저 높이가 안 돼요. 목숨이 붙어 있는 것은 그야말로 기적이에요. 자, 말 좀 해 보세요.

글로스터 도대체 내가 절벽에서 떨어진 건가? 안 떨어진 건가?

에드거 그래요. 바라보기만 해도 소름이 끼칠 정도르 높은 절벽 꼭대기에서 떨어졌어요. 저 위를 쳐다보서요. 아주 멀리서 날카로운 소리로 지저귀는 종달새도 보이지 않고, 노랫소리도 들리지 않아요. 저 위를 쳐다보시라니까요.

글로스터 흐흐, 보고 싶어도 볼 눈이 없어. 비참한 사람은 죽음으로써 불행을 끝낼 기회조차 빼앗긴단 말인가? 불행한 사람은 자살을 선택해 폭군의 분노를 피하그, 그의 오만한 뜻을 꺾어 위안을 얻고자 했건만.

에드거 팔 이리 주세요. 일어서세요. 어때요? 다리는 어떠시고요? 서 있을 수 있군요.

글로스터 난 설 수 있어. 운 나쁘게도 말이야.

에드거 기적이에요. 절벽 꼭대기에서 당신과 함께 았다가 간

사람은 누구지요?

글로스터 불쌍한 거지였지.

에드거 이 아래서 보니까 그놈의 눈망울이 두 개의 보름달 같았고, 코는 천 개나 되고, 뿔은 성난 바다같이 뒤틀리고 꼬불꼬불한데 그것도 여러 개가 달린 것 같던데요. 틀림없이 악마일 거예요. 노인께서는 운이 좋았어요. 공정하신 신들은 인간이 할 수 없는 일을 해내서 존경을 받습니다. 그 신들이 당신을 구해 주신 거예요.

글로스터 이제 알 것 같네. 이제부터는 고통이 "그만하면 됐다. 그만하면 됐다." 하고 소리 지르며 스스로 지쳐 나가떨어질 때까지 참을 테다. 당신이 말한 악마를 난 사람으로 알았구려. 그러고 보니 여러 번 "악마가, 악마가." 하고 조잘거리곤 했답니다. 그놈이 날 저곳까지 데려다 줬네.

에드거 이제 걱정하지 마시고 진정하세요. 저기 오는 게 누구지?

(여러 가지 꽃으로 기괴하게 몸 장식을 한 리어 등장)

에드거 정신이 있다면 저런 꼴을 하고 있지는 않을 텐데.

리어 (환영을 상대로) 맞다. 내가 돈을 위조했다 하더라도 내게 손을 대지 못할 거다. 난 바로 국왕 폐하란 말이다.

에드거 아, 저 모습을 보니 마음이 찢어지는 것 같구나!

리어 (환영을 상대로) 왕으로 태어난 사람이 보통 사람과 같겠느냐? 자, 네 삯을 받아라. 저놈은 마치 허수아비처럼 활을 쏘는구나. 화살을 힘껏 당기라니까. 아이고, 생쥐다! 쉬잇, 쉬. 불에 구운 이 치즈 조각이면 될 거야. 자, 장갑을 던졌으니 결투하자. 나는 거인하고도 싸울 테다. 갈색 창을 가진 무사들을 앞세워라. 아, 잘 날아간다. 매보다 빠르군. 과녁에, 과녁에 맞았다. 휴! 암호를 대라!

에드거 향기로운 박하 꽃.

리어 통과.

글로스터 저 목소리는 내가 아는 목소리다.

리어 (글로스터를 발견하고는) 야, 거너릴이 흰 수염이 났구나? 그것들은 개처럼 나한테 아첨하며 검은 털도 나기 전에 내 수염에 흰 털이 생겼다고 입에 발린 소리를 했지. 내가 무슨 말을 하든지 "네, 그렇습니다." 또는 "아닙니다." 하고 맞장구를 쳤어. "네." 혹은 "아닙니다." 둘 다 종교적 양심에서 우러나온 소리는 아니었다고. 언젠가 비를 맞고 휘몰아치는 바람에 온몸을 덜덜 떨었을 때 천둥한테 가만히 있으라고 명령해도 내 말을 안 들었거. 그때 그것들의 속셈을 대번에 알아차렸지. 겉과 속이 다르다는 걸 말이야. 그러니 그것들의 말을 어찌 믿을 수 있단 말인가! 그것들은 내가 전능하다고 말했지만 시 빨간 거짓말이었다고. 난 오한도 못 견디는걸.

글로스터 나는 저 말투를 잘 알고 있어. 폐하 아닙니까?

리어 (왕관에 손을 대며) 그렇다. 나는 머리끝에서 발끝까지 어디를 뜯어보더라도 그 자체로 국왕이다! 내가 노려보면 신하들은 벌벌 떨었다. 너의 목숨을 살려 주마. 네 죄목은 뭐냐? 간통죄? 죽이지는 않겠다. 간통 좀 했다고 죽이다니? 안 될 말이지! 굴뚝새도, 작은 금파리도 내 눈앞에서 음란한 짓을 하지 않는가. 재미를 보고 싶거든 마음껏 보아라. 글로스터의 서자가 정실부인에게 태어난 내 딸들보다 효성이 지극했다. 자, 모두 마음껏 욕정을 분출하라. 난 병사가 필요하단 말이다. 저기 선웃음 치는 부인을 보아라. 그 얼굴을 보아서는 가랑이 사이가 마치 눈처럼 깨끗하다는 표정으로 정숙한 척 시치미를 떼고 있지 않느냐. 물론 음탕한 이야기는 말만 들어도 머리를 흔들 것 같지. 하지만 사실은 색정으로 가득 찬 족제비나 배가 터지도록 꼴(말에게 먹이는 풀)을 처먹은 말보다 단내가 날 만큼 음탕하다는 말이다. 저것들은 허리 위는 여자지만, 허리 아래는 반인반수의 괴물과 같다. 허리띠 매는 데까지는 신들의 것이지만, 그 아래는 악마의 것이다. 그곳은 지옥이고 암흑이다. 또 유황이 끓고 있는 악마의 구렁텅이다. 불길이 타오르고 악취가 코를 찔러 썩어 문드러지고 있어. 에이, 더러워, 더럽다.

튀, 튀! 약제사야, 사향 한 숟가락만 다오. 내 머리를 향
긋하게 만들련다. 자, 이 돈 받아라.

글로스터 오, 그 손에 입 맞추게 해 주십시오!

리어 먼저 네 손을 닦아야겠다. 송장 냄새가 나니까.

글로스터 (무릎을 꿇고, 리어의 손에 입을 맞추며) 오, 대자연의
걸작이 이처럼 부질없이 파괴되다니! 저를 알아보시겠
습니까?

리어 나는 네 눈을 잘 기억하고 있다. 사람을 홀리는 눈길로
날 삐딱하게 쳐다보는구나? 아니, 안 될 말이지! 눈먼 큐
피드야, 난 사랑하지 않을 거야. 네가 아무리 간계를 쓰
더라도 나는 여자에게 쉽게 홀리지 않아. 이 도전장을
읽어 보렴. 그 문장 좀 읽어 봐.

글로스터 글자가 태양처럼 빛나더라도 저는 보지 못합니다.

에드거 (방백) 딴 사람의 말을 듣고는 못 믿을 일이건만, 틀림
없는 사실이다. 정말 가슴이 터질 것 같구나.

리어 읽어 보아라!

글로스터 읽으라고요? 눈꺼풀밖에 없는 이 눈으로요?

리어 하하하, 정말 그렇단 말이지? 너의 눈꺼풀 속에는 눈이
없고, 지갑 속에는 돈이 없단 말이로군. 그럼 너 눈은 구
멍이 뚫렸고, 돈주머니는 밑이 빠졌다는 것이로구나. 하
지만 세상 돌아가는 것은 알 수 있단 말이지.

글로스터 그야 느낌으로 압니다.

리어 이런, 그렇다면 미쳤군. 눈이 없어도 세상 돌아가는 것을 알 수 있다. 귀로 본단 말인가. 거기 있는 재판관이 좀도둑 놈 호통치는 것을 봐라. 잘 들어라. 두 사람이 자리를 바꾸어 앉은 것 같구나. 어느 쪽이 재판관이고 어느 쪽이 도둑놈인지 한번 맞추어 보아라. 농군의 개가 거지를 보고 짖어 대는 것을 본 일이 있을 테지.

글로스터 네, 봤습니다.

리어 그런데 거지는 개를 보고 도망쳤지? 거기에서 권력의 위대함을 볼 수 있다. 개라도 권력을 갖고 있다면 사람을 복종시킬 수 있다. 이 썩어 빠진 놈들, 그 잔인한 손을 멈춰라! 왜 그 창녀에게 매질하느냐? 네놈의 등이나 후려치지 않고 말이다. 너는 매음했다고 저 여자를 때리고 있지만, 사실 네놈은 저 여자가 탐나서 늘 껄떡거리고 있지 않았느냐? 고리대금업자가 재판관이 되어 사기꾼을 교수형에 처하고 있다. 거지 누더기를 걸치고 있으면 악덕이 옷 틈새로 보이지만, 법복이나 털가죽 외투를 입고 있으면 이 모든 것이 다 감춰진다. 마치 죄악에 황금 투구를 입히면 날카로운 법률의 창도 부러뜨리는 것과 같다. 죄악을 누더기로 싸 놓으면 난쟁이의 지푸라기도 그것을 꿰뚫을 수 있다. 이 세상에 죄지은 사람은 하나도 없어, 한 사람도 없어, 없는 거야. 내가 보증할 테다! 친구여, 내 말을 굳게 믿어라. 난 고소인 입을 막을 권력을 갖고 있다. (글로스터에게) 유리 눈이라도 해 박지 그래. 천박한 모사꾼처럼 보이지 않는 것도 보는 척을 한번 해 봐! 자, 자, 자, 자! 이제 장화를 벗겨 다오. 좀 더 세게, 좀 더 세게! 그렇지!

에드거 (방백) 아, 이치에 맞는 말과 이치에 맞지 않는 말이 묘하게 뒤엉켜 있군! 광기 속에도 이성이 살아 있어!

(에드거와 글로스터는 견디다 못해 흐느낀다.)

리어 나의 불행을 보고 그대가 울어 준다면 내 눈을 주겠다. 난 그대를 잘 알고 있다. 이름이 글로스터지. 어쨌든 참아 내야 해. 우린 울면서 이 세상에 태어났단 말이다. 그대도 알다시피, 우리가 이 세상 공기를 처음 들이마실 때 '으앙' 하고 울음을 터뜨리지 않았던가. 그대에게 일러 줄 테니, 잘 들어 두게!

글로스터 아, 슬프구나!

리어 우리는 이 세상에 태어날 때 바보들만 있는 무대에 나온 게 슬퍼서 우는 거라고. (화관을 벗으며) 아, 괜찮은 모자인데? 헝겊으로 군마의 발을 싸매면 좋은 전술이 되겠는걸. 어디 한번 시험해 봐야지. 사위 놈들에게 조용히 다가가 습격하는 거다. 그놈들을 모조리 죽여! 죽여! 죽여! 죽여! 죽여! 죽여 버려라!

(한 신사, 코딜리어의 시종들과 같이 등장)

신사 오, 여기 계시다. 이분을 붙잡아요. 폐하, 사랑하는 따님
께서…….

리어 날 구할 사람은 없느냐? 포로가 됐어? 난 운명의 장난
감으로 태어난 거로구나. 날 절대로 홀대하지 말라. 보
상금을 줄 테니, 의사를 불러 다오. 머리가 쪼개지는 것
만 같다.

신사 무엇이든 분부대로 하겠습니다.

리어 날 돕는 자가 없는가? 난 혼자인가? (눈물을 흘리며) 사
내를 울보로 만드는군. 내 눈을 정원에 물 뿌리는 물 단
지로 만들려는 거로군. 가을 꽃밭의 먼지를 잠재우려고
말이야. 나는 아주 용감하게 죽고 싶다. 새신랑처럼 용
감하게 죽을 테다. 그렇다! 아주 당당하게 말이다. 이것
봐, 나는 왕이다. 모두 아는가?

신사 네, 왕이십니다. 분부대로 하겠습니다.

리어 아직 희망은 있구나. 자, 날 잡고 싶거든 빨리 뛰어야 한
다. 자, 자, 자……. (달려간다. 시종들이 쫓아간다.)

신사 (방백) 보잘것없는 사람도 저렇게 되면 불쌍하게 마련
인데……. 국왕이 저렇게 되시니 할 말이 없구나! 하지
만 폐하, 당신에게는 따님이 한 분 더 계십니다. 두 따님
에게서 받은 저주를 남아 있는 그 따님이 풀어 당신을

구해 줄 겁니다.

(에드거 등장)

에드거 이보세요, 안녕하십니까?

신사 안녕하시오. 무슨 일이지요?

에드거 혹시 전쟁이 일어났다는 소문을 아직 못 들으셨습니까?

신사 그건 당연히 다 아는 일 아닙니까? 귀머거리가 아니면 누구나 그 소문을 들었을 거요.

에드거 그래요. 미안하지만, 저쪽 편 군대는 어디까지 진군해 왔습니까?

신사 매우 가까이 와 있습니다. 머지않아 부대가 눈에 띌 거요.

에드거 고맙습니다. 알겠습니다.

신사 왕비께서는 특별한 이유로 여기 계시지만, 그녀의 군대는 진군 중이오.

에드거 고맙습니다.

(신사 퇴장)

글로스터 (무릎을 꿇고 기도를 드린다.) 자비로운 신들이여, 당신이 원하신다면 이 목숨을 거두소서. 당신이 허락하시기 전에 죽을 마음을 먹지 않도록 해 주옵소서.

에드거 아버님, 기도가 좋습니다.

글로스터 젊은이, 도대체 당신은 누구요?

에드거 아주 보잘것없는 사람입니다. 온갖 불행 속 풍파를 겪은 탓에 남의 슬픔을 보면 동정이 생겨납니다. 손을 제게 주십시오. 쉴 곳으로 모시고 가겠습니다.

글로스터 정말 감사하오. 하느님의 은총이 그대에게 내리기를 바라오!

(오즈월드 등장)

오즈월드 현상범이로구나! 운수대통이로구나! 눈이 없는 네 머리통은 나를 출세시키기 위해 만들어진 것만 같구나. (칼을 뽑는다.) 이 늙은 반역자야, 각오해라. 내가 칼을 들었다. 네 목숨을 끊어 놓을 것이다.

글로스터 아주 고마운 분이군. 자, 힘껏 찌르시오.

(에드거가 글로스터를 비호하며 가로막는다.)

오즈월드 (격분해) 이 촌놈은 뭐야? 무엇 때문에 반역자를 감싸는 거냐? 비켜! 만일 비키지 않으면 너도 죽게 될 거다. 그놈의 팔을 놓아라!

에드거 그 정도 겁박으로는 못 놓겠다.

오즈월드 이놈아, 놓아라! 그렇지 않으면 넌 지금 죽는다!

에드거 이보시오. 당신은 가던 길이나 그냥 쭉 가시겨. 이 불쌍한 사람은 보내고 말이야. 내가 그런 공갈에 넘어갈 놈이면 벌써 2주 전에 저승길에 올랐을 거다. 안 된다. 이 노인 곁에 얼씬거려서는 안 돼. 자, 비키라고! 만일 안 비킨다면 네놈의 머리통이 단단한지, 이 몽둥이가 더 단단한지 시험할 거야. 난 정말로 한다면 한다.

오즈월드 뭐? 이놈이?

(두 사람이 싸운다.)

에드거 너의 앞니를 뽑아 놓겠다. 자, 덤벼! 찔러 보고 싶다면 한번 찔러 봐.

(오즈월드가 쓰러진다.)

오즈월드 이놈! 내가 네놈 손에 죽다니……. 야, 내 돈주머니 받아. 네가 편안히 살려거든 내 시신을 잘 묻어야 할 거다. 또 내 몸에 있는 편지를 글로스터 백작인 데드먼드 님에게 꼭 전해 다오. 영국군 편에서 찾으면 된다. 아, 갑

작스럽게 죽음을 맞이하는구나! 이렇게 죽을 줄이야!
(숨이 끊어진다.)

에드거 난 이미 널 잘 알고 있다. 못된 안주인에게 충성을 다
바쳐 악한 일에 단단히 한몫을 한 놈이라는 걸 말이야.

글로스터 아니, 그자가 죽었느냐?

에드거 네, 앉으세요. 아버님, 안심하세요. 저놈의 주머니를
한번 뒤져 보지요. 저놈이 말하는 그 편지가 우리에게
도움이 될지도 모르니까요. 음, 죽었군! 사형 집행을 통
해 죽이지 못한 것이 억울하다. 봉인(편지 봉인)아, 용서
해 다오. 예의범절이여, 우리를 나무라지 마라. 적의 속
셈을 알려면 적의 심장이라도 쪼개야 할 테니……. 편지
를 뜯어보기로서니 어쨌단 말이냐? (편지를 읽는다.) “우
리가 굳게 맹세한 언약을 잊지 말아 주세요. 당신이 그
사람을 해칠 기회는 얼마든지 있습니다. 당신이 결심만
한다면 시간과 장소는 마련될 거예요. 만일 그 사람이
승리해 돌아온다면 모든 게 끝장입니다. 그럼 저는 죄인
이 되고, 그의 침대는 저의 감옥이 될 것입니다. 역겨운
그 잠자리에서 저를 구해 주세요. 수고하신 보답으로 그
잠자리를 당신 것으로 만들어 드리겠어요. 당신의 아내
라 불리고 싶은 사랑하는 당신의 종, 거너릴 올림.”

에드거 오, 천박한 여자의 욕정은 끝이 없구나! 덕이 높은 남
편의 목숨을 빼앗고, 그 대신 내 동생을 남편으로 삼으

려고 하고 있구나! 이 모래 속에 널 파묻어 주마! 살인마, 난봉꾼들의 더러운 심부름꾼아. 적당한 때가 오면 이 편지를 살해당할 뻔했던 그 공작에게 보여 줘 깜짝 놀라게 하겠다. 너의 최후와 너의 더러운 임무에 대해 이야기할 수 있게 된 점, 참으로 다행스러운 일이다.

글로스터 폐하께서는 실성하셨는데 내 목숨은 얼마나 질기기에 큰 슬픔을 느끼면서도 버티고 있는가! 차라리 나도 미쳐 버렸으면 좋겠다. 그러면 슬픔에 빠지지도 않을 것이고, 비탄의 마음과 불행한 현실도 인지하지 못할 것 아닌가.

(멀리서 북소리)

에드거 이리 손을 주세요. 멀리서 북 치는 소리가 납니다. 자, 아버님을 친구 집에 맡겨 드리도록 하겠습니다. 아버님, 이리 오세요.

(두 사람 퇴장)

7장

(리어, 침상에서 자고 있다. 조용한 음악 소리. 한 신사와 다른
사람들이 시중을 들고 있다. 코딜리어, 켄트, 전의 등장)

코딜리어 오, 켄트 백작님! 제가 앞으로 얼마나 오래 살아야
만 백작님의 충정에 보은할 수 있을까요? 그 신세를 갚
기에 제 수명은 너무 짧고, 아무리 노력을 다해도 모자
랄 것 같습니다.

켄트 왕비님, 그렇게 인정해 주시는 것만으로도 몸 둘 바를
모르겠습니다. 지금 들어온 보고는 사실 그대로입니다.
더도 덜도 아닙니다.

코딜리어 옷을 갈아입으시지요. 그 옷은 힘들었던 때를 기억
나게 할 것입니다. 당장 벗어 버리세요.

켄트 왕비님, 용서하십시오. 제 신분이 밝혀지면 지금까지
제가 해 온 계획이 물거품이 되고 맙니다. 때가 올 때까
지 저를 모르는 척해 주시면 감사하겠습니다.

코딜리어 정 그러시다면 그렇게 하겠습니다. (전의에게) 폐하
는 어떤가요?

전의 왕비님, 폐하는 아직 주무십니다.

코딜리어 오, 자비로운 신들이시여! 상처받은 마음을 고쳐
주소서! 자식들의 불효로 말미암아 망가지고 뒤엉킨 아

버님의 심신을 바로잡아 주소서!

전의 왕비님께서 허락하신다면 폐하를 깨워 드릴까요? 충분히 주무셨을 줄로 압니다.

코딜리어 전의의 판단에 맡깁니다. 의관(엄숙하고 위엄 있는 차림새)은 갈아입으셨나요?

신사 네, 왕비님. 깊이 잠드신 사이에 새 옷을 입혀 드렸습니다.

전의 왕비님, 폐하를 깨울 때 옆에 계셔 주시기 바랍니다. 한결 안정되실 겁니다.

코딜리어 좋습니다.

(국왕의 의관으로 갈아입은 리어, 침상에서 잠든 채 하인들에 의해 운반되어 온다. 조용한 음악)

전의 더 가까이 오세요. (안을 향해) 음악 소리를 더욱더 높이거라!

코딜리어 (리어의 침상 가까이에서 잠든 얼굴을 바라보며) 오, 아버님! 저의 입술에 아버님을 회복시켜 드릴 영약이 묻어 있다면 얼마나 좋을까요? 이 키스로 두 언니가 아버님께 입힌 엄청난 상처를 씻은 듯 모두 낫게 해 드리고 싶습니다.

켄트 다정하시고 효심이 지극하신 왕비님이구나!

코딜리어 친아버지가 아니라고 해도 저 흰머리를 보면 가엾은 생각이 들 텐데! 어쩌다 이 얼굴이 그 사나운 비바람을 맞게 되셨나요? 들판에서 천지를 진동하는 그 무서운 천둥과 어찌 맞닥뜨려야 했나요? 한밤중 번개가 하늘을 가르는 때에 말이에요. 밤에 잠도 못 주무시고 목숨 걸고 선 파수병처럼 말이에요. 이렇게 희고 엷은 맨머리를 갖고서! 자기를 물어뜯은 원수의 개라도 그런 밤에는 난로 곁에서 불을 쬐게 내버려 두었을 거란 말입니다. 그런데 불쌍한 아버님은 돼지나 거지와 함께 오두막 곰팡내 나는 짚 속에서 주무셨다니……. 아, 끔찍하기도 해라! 목숨 잃지 않으시고, 정신 잃지 않으신 게 기적입니다. 아, 잠이 깨셨나 봐요. 자, 아버님! 말씀해 보시지요.

전의 왕비님께서 말씀하시는 것이 좋겠습니다.

코딜리어 폐하, 어떠십니까? 폐하, 기분이 어떠십니까?

리어 무덤에 잠들어 있는 나를 깨우다니 무엄하다. 너는 천당에 사는 영혼이로구나. 하지만 나는 지옥의 불 수레에 묶여 있다. 눈물이 흐르면 그것은 녹은 납처럼 내게 화상을 입힌단 말이다.

코딜리어 폐하, 알아보시겠습니까?

리어 당신은 혼령이로군. 당신은 언제 죽었소?

코딜리어 아직 정신이 회복되려면 멀었어!

전의 (위로하며) 아직 잠이 깨지 않으신 모양입니다. 잠시 이

대로 계시도록 하시지요.

리어 (주변을 둘러보며) 내가 어디 있었지? 지금은 어디 있는 건가? 이게 햇빛인가? 난 완전히 속았다. 나는 다른 사람이 이런 꼴을 당하는 걸 본다면 불쌍해서 죽그 싶을 거다. 할 말이 없군. 이것은 내 손인가? 장담할 수 없구나. 어디 보자. 바늘로 찌르면 아프고. 내가 어떻게 된 건지 알고 싶다!

코딜리어 오, 저를 한번 보세요, 아버님! 손을 들어 저게게 엊으시고 저를 축복해 주세요. (무릎을 굽히자, 리어도 굽히려고 한다. 이를 제지하며) 아니에요. 무릎을 꿇으시던 안 됩니다.

리어 제발 나를 놀리지 마시오. 나는 못나고 어리석은 늙은이일 뿐이오. 난 여든 살이 넘었소. 여든 살보다 한 시간이라도 더 많으면 많았지 적지는 않소. 솔직히 갈해, 난 제정신이 아니오. 당신이나 이분도 알 것 같은테 잘 모르겠소. 도대체 여기가 어디란 말이오? 잘 생각이 안 나는군. 아무리 생각해도 이게 누구 옷인지 잘 도르겠소. 간밤에 어디서 잤는지 알 수가 없소. 날 놀리지 마시오. 그런데 이 부인은 내 딸 코딜리어처럼 생겼구려

코딜리어 맞아요. 저 코딜리어에요. 코딜리어라고요. (침상에 매달리며 흐느껴 운다.)

리어 울고 있느냐? 제발 울지 말아라. 네가 나에게 독약을 마

시라고 준다면 나는 기꺼이 마실 것이다. 너는 나를 사랑하지 않는 것으로 알고 있는데……. 그런데 네 언니들은 나를 무참히 학대했어. 너는 나를 미워해도 할 말이 없다만, 그년들은 그럴 수 없는데 말이다.

코딜리어 아니에요. 그럴 이유는 없어요. 전혀 그렇지 않아요.

리어 난 지금 프랑스에 있는 것이냐?

켄트 폐하의 왕국 안에 계십니다.

리어 날 속일 셈인가?

(코딜리어, 절망해 탄식한다.)

전의 (위로하며) 걱정하지 마십시오, 왕비님. 큰 어려움은 이제 지나갔습니다. 하지만 지난날을 상기시키는 일은 매우 위험합니다. 안으로 모시고 들어가시지요. 좀 더 심신이 안정되실 때까지 조용히 기다리시는 게 상책일 듯합니다.

코딜리어 폐하, 안으로 드시지요.

리어 내 잘못을 참아 주렴. 제발 모든 것을 잊고 나를 용서해다오. 나는 늙고 어리석은 자다.

(켄트와 신사만 남고 모두 퇴장)

신사 콘월 공작이 살해당했다는 것이 사실인가요?

켄트 확실하오.

신사 그 군대의 지휘자는 누구지요?

켄트 글로스터의 서자입니다.

신사 소문대로라면 추방당한 아들 에드거가 켄트 백작과 함
께 독일에 있다고 합니다.

켄트 소문은 믿을 수가 없어요. 지금은 주변을 살필 때입니
다. 적군이 가까이 침투해 오고 있습니다.

신사 혈전이 될 것 같습니다. 안녕히 계십시오. (퇴장)

켄트 오늘의 전투 승부에 따라서 내 계획의 성패가 판가름
날 것이다. (퇴장)

King Lear

1장

(기수를 거느리고 에드먼드, 리건, 장교들, 병졸들 등장)

에드먼드 (장교에게) 공작에게 가서 알아보고 와라. 지획대로
　실행할 작정인지, 아니면 방침을 변경할 것인지 말이다.
　공작께서는 변덕이 무척이나 심하시고, 자신이 한 일을
　종종 뉘우치시니까……. 확실한 답을 알고 와야간 한다.

(장교 퇴장)

리건 언니네 사람들이 변을 당했나 봐요.

에드먼드 그럴지도 모릅니다, 부인.

리건 그런데 에드먼드 님! 내가 당신께 호감을 갖고 있다는
　걸 아시지요? 자, 말씀해 보세요. 사실대로 솔격히 말이
　에요. 그런데…… 언니를 사랑하시지요?

에드먼드 그건 그저 경애하는 마음입니다.

리건 혹시 형부만이 드나들 수 있는 금단의 구역까지 드신
　적은 없나요?

에드먼드 아, 그건 말도 안 되는 억측입니다.

리건 걱정돼서 하는 말이에요. 언니와 너무 가까우서요. 언
　니의 몸과 마음을 함께 품으신 건 아닐까 해서요.

에드먼드 내 명예를 걸고 맹세합니다. 공작 부인, 절대 그렇지 않습니다.

리건 그러면 절대로 언니를 가만두지 않을 거예요. 부탁이에요. 제발 언니와 가까이 지내지 마세요.

에드먼드 걱정하지 마세요. 아, 공작과 부인께서 오십니다!

(기수를 앞세우고 올버니, 거너릴, 병졸들 등장)

거너릴 (두 사람의 모습을 보고 금세 무언가 이상한 낌새를 알아차린다. 방백) 동생 때문에 그이와 내가 방해받느니 이번 전쟁에서 지는 게 더 낫겠다.

올버니 사랑하는 처제를 만나게 되어 반갑소. (에드먼드에게) 듣기로는 국왕이 막내딸에게로 갔다더군요. 우리의 학정(가혹한 정치)을 원망하는 이들도 함께 따라갔다는 소식이오. 난 정직한 일이 아니면 싸울 수 없는 사람이오. 이번 일을 그대로 보고만 있을 수는 없소. 프랑스 왕은 국왕을 도우려는 것이 아니라, 우리 영토를 빼앗으려는 것이오. 국왕과 그 일당을 상대로 싸운다는 건 또 다른 문제고요. 그들은 그럴 만한 명분을 갖고 우리와 싸우려 드는 거니까.

에드먼드 (냉소를 던지며) 맞는 말씀입니다.

리건 왜 그런 말씀을 하시는 거지요?

거너릴 하나로 힘을 합쳐서 적에 대항합시다. 이제 와 작은
　　일로 말다툼한들 무슨 소용이 있겠습니까?

올버니 전쟁에 경험이 많은 장교들과 작전을 짜 봅시다.

에드먼드 공작님, 곧 막사로 가겠습니다.

리건 언니, 나와 함께 가요.

거너릴 나는 싫다.

리건 함께 가야 해요. 어서요.

거너릴 (방백) 흥, 그 속을 모를까 봐? 그래, 가 주지.

(그들이 가려 할 때 변장한 에드거 등장)

에드거 (가장 늦게 퇴장하려는 올버니에게) 공작님께서 이렇게
　　천한 사람 이야기도 들어 주신다면 한마디만 드리겠습
　　니다.

올버니 곧 따라가겠소.

(올버니와 에드거만 남고 모두 퇴장)

올버니 한번 말해 보아라.

에드거 전투를 시작하시기 전에 이 편지를 보십시오. 만일
　　공작님께서 승리하시거든 나팔을 불어서 편지를 가져
　　온 저를 불러 주십시오. 비록 제가 비천하게 노일지 도

르겠지만, 이 편지의 사연이 거짓이 아니라는 것은 명백한 사실입니다. 그 어떤 상대와도 이 칼을 걸고 맹세할 수 있습니다. 만일 전투에 지시면 공작님의 운도 끝이 나고, 음모도 끝날 것입니다. 부디 행운이 있으시기를 빕니다.

올버니 편지를 다 읽을 때까지 기다려라.

에드거 그럴 수는 없습니다. 적당한 때가 오면 전령을 통해 불러 주십시오. 다시 나타나겠습니다.

올버니 그럼 잘 가거라. 네 편지는 반드시 읽어 볼 것이다.

(에드거 퇴장. 에드먼드 등장)

에드먼드 바로 코앞에 적군이 나타났습니다. 단단히 준비하십시오. 여기 착실한 척후병(수색을 담당하는 군인)이 정찰한 적의 병력과 군비에 관한 보고서가 있습니다. (서류를 건넨다.) 서두르셔야 합니다.

올버니 즉각 출전하겠다. (퇴장)

에드먼드 (냉소적인 웃음을 띠며) 호호호, 난 두 자매에게 모두 사랑을 맹세했다. 서로가 시샘하는 까닭에 서로를 보는 것이 독사에 물린 자가 독사를 보는 눈초리 같구나. 둘 가운데 어느 쪽을 골라잡을까? 둘 다? 아니, 한쪽만? 아니면 둘 다 집어치울까? 둘 다 살아 있게 되면 꿩 잃고 매 잃은 셈이 될 거야. 과부를 내 것으로 만들면 언니는 부아가 치밀어 미칠 테지. 하지만 그녀의 남편이 살아 있는 한, 내 목적을 성공시키기는 힘들 거야. 그녀는 지금 전쟁을 위해 남편의 힘을 이용해야 할 때지. 하지만 전쟁이 모두 끝난 뒤에는 남편을 없애고 싶어 할 거야. 그러면 그 여자에게 해치울 간계를 꾸미라고 지시하면 그만이야. 공작은 리어와 코딜리어에게 자비를 베풀려고 하지. 하지만 전쟁이 다 끝나고 그들이 내 손에 들어오기만 해라! 그러면 용서란 게 어디 있단 말인가! 지금 내 입장에서는 옳고 그름을 따질 게 아니라, 나 자신을 방어하는 일이 급선무란 말이다! (퇴장)

2장

(안에서 경종 소리. 기수와 함께 리어, 코딜리어, 병졸들이 등장했다가 무대를 지나 퇴장. 에드거와 글로스터 등장)

에드거 나무 그늘에서 쉬세요. 정의가 승리하도록 기도하시고요. 죽지 않고 오면 기쁜 소식을 갖고 올게요.

글로스터 신의 가호가 있기를!

(에드거 퇴장. 안에서 경종 소리와 프랑스군이 퇴각하는 소리가 들린다. 에드거 다시 등장)

에드거 달아나야 해요. 아버님, 손을 주세요. 국왕께서 패하시고, 따님과 함께 포로가 됐어요. 저를 붙잡으세요. 이리 오세요.

글로스터 더는 못 가. 나는 여기서 죽어도 상관이 없소.

에드거 아니, 또 자결하시려고요? 사람이란, 태어날 때나 하직할 때나 마음대로 안 되는 법입니다. 조금 더 참아야 해요. 때가 올 때까지 기다려야 한다고요. 자, 갑시다.

글로스터 하긴 그렇지.

(두 사람 퇴장)

3장

(에드먼드, 승자가 돼 기수를 대동하고 등장. 뒤따라 리어와 코
딜리어는 포로가 되어 등장. 기타 병졸들, 부대장 등장)

에드먼드 장교 몇 명은 이 포로들을 데리고 가라. 저 포로들
을 재판하는 상부의 지시가 있을 때까지 엄히 감시해야
한다.

코딜리어 최선의 의도를 갖고서도 최악의 운명을 맞이한 것
은 우리가 처음이 아닙니다. 갖은 학대를 당하신 아버님
을 생각하면 가슴이 무너집니다. 저 혼자라면 허망한 운
명의 여신의 찌푸린 얼굴을 노려보며 대들 수 있습니다.
하지만 아버님의 딸들, 제 언니들을 만나 보시지 않겠습
니까?

리어 아니야, 아냐, 아냐, 아니다! 자, 감옥으로 가자! 거기
서 우리 둘이 새장 속에 갇힌 새처럼 노래 부르며 지내
자. 네가 축복해 달라면 난 무릎 꿇고 너에게 용서를 빌
고 싶다. 그래, 우린 그렇게 살자꾸나. 기도하고 노래하
고, 옛이야기를 하고, 금빛 나비를 보며 웃고, 그 가엾은
자들이 와서 궁중 소식을 조잘거리는 걸 들으며 말이다.
또 그들이 하는 이야기에 끼어들어 보자. 누군 어떤 총
애를 받고, 누군 그걸 잃고, 누군 이겼고, 누군 몰락했는

지 한번 이야기해 보자. 마치 우리가 신의 밀사라도 되는 듯이 인생의 신비에 대해 아는 척해 보자. 비록 우리는 사방이 벽으로 둘러싸인 감옥에 있더라도 달의 조화인 밀물과 썰물처럼 고관들의 흥망성쇠를 가만히 지켜보며 살자꾸나.

에드먼드 (군인들에게) 포로들을 데리고 나가라.

리어 코딜리어야, 신들께서는 너처럼 가엾은 희생양에게 향을 피워 주실 게 분명하단다. 내가 너를 왜 꼭 잡고 있는 걸까? (그녀를 포용한다.) 우리 두 사람을 떼어 놓으려거든 하늘에서 횃불을 훔쳐 마치 굴에서 여우를 내몰듯 불을 지펴 가면서 우리를 내쫓아야 할 거다. 눈물을 닦아라. 그놈들은 우릴 울리기 전에 염병에 걸려 살과 피부가 썩어 문드러질 것이다! 그것들이 먼저 곪어 죽는 꼴을 두 눈으로 똑똑히 보게 될 거다. 자, 가자.

(감시병이 리어와 코딜리어를 데리고 퇴장)

에드먼드 부대장! 자, 여기로 와서 내 말을 들어라. (쪽지를 건네주며) 이 쪽지를 가지고, 저 두 사람을 쫓아 감옥으로 가라. 너를 한 계급 승진시키기로 했다. 이 쪽지에 지시된 대로 한다면 반드시 너는 행운을 얻게 될 것이다. 사람은 시류를 따르며 살아야 한다는 것을 잊어서는 안 돼. 칼을 찬 군인에게 인정은 필요 없어. 네가 맡길 중대한 임무에 대해서 질문할 필요는 없다. 명령대로 하느냐, 아니면 다른 방법으로 노력해서 출세할 것이냐? 이 둘 중 하나에 답하면 그만이다.

부대장 네, 명령대로 하겠습니다.

에드먼드 그럼 당장 실행하라. 일이 끝나면 행복이 기다릴 것이다. 알아듣겠느냐? 즉시 착수하라. 내 지시를 따르라.

부대장 전 마차를 끌며 말린 귀리나 먹는 말이 아닙니다. 그저 사람이 하는 일이라면 무엇이든 닥치는 대로 하겠습니다. (퇴장)

(트럼펫의 화려한 연주. 올버니, 거너릴, 리건, 장병들 등장)

올버니 (에드먼드에게) 백작은 오늘 전투에서 용맹함을 보여주었소. 전투의 운도 그대 편을 들었소. 오늘 견투에서 우리는 두 사람을 포로로 삼았으니 말이오. 이 두 사람에 대해서 백작에게 부탁하고 싶은 것이 있소. 그들의 처지와 우리의 안전을 다 같이 생각해서 처리해 달라는 것이오.

에드먼드 저는 저 늙은 왕을 적당한 장소에 유폐한 뒤 감시인을 두는 것이 적절하다고 생각합니다. 왕은 나이가 많아 민심을 끌기에 알맞습니다. 왕이라는 호칭까지 있어

서 더욱더 그렇습니다. 그러니 민심은 그쪽으로 쏠릴 뿐
만 아니라 우리가 징집해 명령하고 있는 병사들까지도
창끝을 우리에게 돌릴 염려가 있습니다. 그래서 왕과 함
께 프랑스 왕비도 감옥에 감금했습니다. 이유는 같습니
다. 그들은 내일 또는 그 이후에 공작님께서 재판하신다
면 언제든 재판받을 수 있도록 조치해 두었습니다. 우리
는 피땀을 흘려 가며 전투에 임하고 있습니다. 친구를
잃지 않은 사람은 아무도 없습니다. 아무리 정당한 전쟁
이라도 전투가 치열하고 부상이 심하다 보면 전쟁을 저
주하게 되지요. 코딜리어와 그 아버지의 문제는 다른 장
소에서 따로 논해야 할 것 같습니다.

올버니 미안하오. 나는 이번 전쟁에 있어 백작을 나의 부하
로 생각하고 있소. 당신을 동료로 여기고 있지 않단 말
이오.

리건 그런 자격은 내가 백작에게 드리겠어요. 형부는 그런
결정을 내리기 전에 내 의향을 물어보셔야 하지 않을까
요? 그분은 나의 군대 통수권을 갖고 있을 뿐만 아니라,
나를 대신하는 지위와 신분을 위임받은 분입니다. 나와
가까운 사이라 형제라고 불러도 상관없을 정도입니다.

거너릴 그렇게 열을 내지는 마라! 백작은 네가 자격을 부여
하지 않더라도 이미 본인의 천성으로 그만한 높은 자격
을 갖게 된 분이라고.

리건 내가 그에게 권리를 준 덕분에 최고의 권력자와 대등한
　　자리에 오른 거라고요.

올버니 그럴 수 있지. 만일 처제의 남편이 된다면 말이야.

리건 농담이 진담이 될지 누가 알아요.

거너릴 이것 봐, 잘못 봤어! 네가 그렇게 생각한다면, 네 눈은
　　삐었나 보다.

리건 언니, 난 지금 기분이 별로 좋지 않아요. 대거리할 기분
　　이 아니라고요. (에드먼드에게) 장군, 난 당신에게 내 병
　　사들과 포로뿐 아니라 전 재산 모두 다 바치겠어요. 당
　　신 마음대로 처분하세요. 그리고 이 몸도 마찬가지로요.
　　성도 당신 것이에요. 난 이 자리에서 당신을 나의 군주
　　로, 나의 남편으로 삼을 것을 공표하겠어요.

거너릴 재미 좀 보겠다는 말이지?

올버니 당신이 그 일을 마음대로 막을 권리는 없어요.

에드먼드 공작님도 막을 수 없는 일이지요.

올버니 뭐? 이런 사생아 자식. 내가 왜 못해?

리건 (에드먼드에게) 어서 북을 울리세요. 그래서 내 모든 권
　　리가 당신의 것이 되었다는 것을 이 자리에서 당당히 밝
　　히세요.

올버니 잠시 기다려라. 할 말이 있다. 에드먼드, 널 대역죄로
　　체포한다. 동시에 (거너릴을 가리키며) 이, 이 화려한 독사
　　도 마찬가지로 체포한다. (리건에게) 처제, 그대의 요구

에 대해서는 내 아내를 위해 반대하겠소. 내 아내는 이 백작과 재혼 언약을 했소. 그러니 그녀의 현재 남편으로서 그대의 구혼을 어찌 받아들일 수 있겠소. 재혼하고 싶거든, 나에게 먼저 청혼하시오. 내 아내는 이미 약속이 된 몸이니까.

거너릴 개 같은 소리, 그만 집어치워요!

올버니 글로스터, 넌 지금 무장하고 있다. 나팔을 불게 하라. 네가 지금까지 범한, 이루 다 말할 수 없이 흉악하고 명백한 갖은 반역죄를 증명할 사람이 나타날 것이다. 만일 그렇지 않는다면 나는 너의 결투 상대가 되겠다! (장갑을 땅에 휙 던진다.) 이 칼로 네놈의 심장을 찔러 방금 내가 말한 것보다 네가 더 악독한 놈이란 사실을 증명할 것이다. 그전에는 아무것도 입에 안 델 것이다.

(리건은 이 일이 있기 전부터 복통이 있었던 것처럼 보인다. 고통은 더욱 심해진다.)

리건 아, 가슴이 아파! 아, 가슴이 아파!

거너릴 (방백) 네가 아프지 않다면, 내가 어찌 독약을 믿을 수 있겠어?

에드먼드 자, 내 대답은 이거다! (장갑을 땅에 내던진다.) 날 역모자라고 입을 놀리는 자가 누구더냐? 누구인지는 잘 모르겠지만 그놈이야말로 허풍쟁이에다 거짓말쟁이다.
나팔을 불어서 그놈을 당장 불러내라. 나한테 덤벼드는
자가 당신이건, 어떤 놈이건 싸워서 내 진실과 명예를
굳건히 지킬 것이다.

올버니 이봐라, 전령!

에드먼드 전령, 전령!

올버니 너 자신의 용기를 믿어라. 네 군사는 내 이름으로 소
집했기 때문에 내 이름으로 다 해산시켰다.

리건 아, 아야! 아, 가슴이…….

올버니 정말로 몹시 아픈가 보군. 내 군대 막사로 데려가라.

(사람들에 이끌려 리건 퇴장. 전령 등장)

올버니 전령, 이리 오라. 나팔을 불게 하라. 그리고 이것을 큰
목소리로 읽어라.

(트럼펫 소리)

전령 (읽는다.) 우리 군에서 지위의 고하를 막론하고 글로스
터의 백작이라고 칭하는 에드먼드에 대해 대역죄를 범
했다고 주장하는 자가 있다. 그는 세 번째 나팔 소리가
나올 때까지 출두하라. 에드먼드는 자신의 명예를 지키

기 위해 도전에 응하기로 했다.

(제1의 트럼펫 소리)

전령 한 번 더!

(제2의 트럼펫 소리)

전령 또 한 번 더!

(제3의 트럼펫 소리. 안에서 응답하는 트럼펫 소리. 나팔수를 앞
세운 에드거가 무장하고 등장)

올버니 (전령에게) 나팔 소리를 듣고 나온 까닭을 한번 물어
보아라.
전령 당신은 누구시오? 이름은 무엇이고, 신분은 무엇인가?
또 나팔 소리를 듣고 나온 이유는 무엇인가?
에드거 나의 이름은 없어졌소. 반역의 이빨에 물어뜯기고 벌
레가 파먹은 탓에 내 이름은 없어졌소. 하지만 나 역시
지금 싸우려는 자 못지않게 고귀한 가문 출신이오.
올버니 그 상대가 누구인가?
에드거 글로스터 백작이라 불리는 에드먼드란 자가 누구냐?

에드먼드 바로 나다. 도대체 할 말이 뭐냐?

에드거 칼을 들어라! 내 말이 기분 나빴다면 어디 그 칼로 너의 정당함을 증명해 보여라. (칼을 빼서 높이 쳐든다.) 자, 칼을 빼겠다. 보아라! 내 명예와 맹세를 지키기 위해 기사의 특권으로 너에게 도전한다. 네가 아무리 힘이 세고, 지위가 높고, 젊고, 많은 영예를 누리고 있다 해도, 심지어 네가 승리의 칼을 찼고, 새로운 행운을 거머쥐었으며, 용기와 담력이 있다 하더라도 넌 그저 모반자에 불과할 뿐이다. 네놈은 너의 신과 형제와 아버지를 배반했다. 게다가 여기에 계신 공작님의 목숨마저 노렸다. 너는 머리끝에서부터 발바닥에 이르기까지 완전히 독 두꺼비처럼 더러운 반역자다. 만일 네가 그렇지 않다고 방어한다면 나는 이 칼, 이 팔, 나의 용기로서 네놈의 심장에 구멍을 내고 말 테다. 그러고 나서 나는 그 구멍에 입을 대고 너의 거짓됨을 소리쳐 알리겠다.

에드먼드 정황이나 도리를 따지자면 당연히 네놈의 이름을 물어야 할 것이다. 하지만 네놈의 풍모가 준수하고 용감해 보이며 말투도 비천한 집에서 자란 것 같지는 않아 보인다. 기사도에 의하면 네놈의 정체를 알지 못하니 결투를 거절해도 상관이 없다. 하지만 나는 싸우기로 마음을 먹었다. 반역자의 오명을 벗어서 네놈 머리에 던져 버리겠다. 지옥처럼 가증스러운 거짓말을 네놈 가슴에 올려놓고 깔아뭉개 버리겠다. 그러나 거짓말은 네놈의 가슴을 스쳐 가기만 하고 상처 하나 주지 못하므로, 이 칼로 네 심장을 찔러 오명을 그곳에 영원히 새겨 두겠다. 자, 나팔을 불어라!

(경종 소리. 두 사람이 싸운다. 에드먼드가 쓰러진다.)

올버니 죽이지 말라, 그를 죽이지 말라!
거너릴 글로스터 백작님, 이건 음모예요. 기사도에서는 누군지도 모르는 상대자와 결투할 의무가 없는 거예요. 그러니 당신은 진 게 아니에요. 계략에 걸려 속아 넘어간 거라고요.
올버니 닥쳐, 이 여자야! 닥치지 않으면 이 편지로 그 입을 틀어막아 버리겠다. (호주머니에서 이전에 받아 둔 비밀 편지를 꺼낸다.)

(에드거, 쓰러진 에드먼드를 또 칼로 베려고 한다. 이때 올버니가 이를 제지한다.)

올버니 잠깐 기다려 주오. (거너릴에게) 악한 여자야, 네 죄악을 한번 읽어 봐. (거너릴의 코앞에 비밀 편지를 갖다 댄다. 거너릴은 그것을 받아들더니 찢으려고 한다.) 안 돼, 찢다니. 이

여자야! 그 편지가 어떤 편지인지 알긴 아는 모양이군.
(에드먼드에게 비밀 편지를 건넨다.)

거너릴 그래요, 그러면 또 어때요. 내가 이 나라의 법이지, 당신이 아니잖아? 누가 감히 나를 탄핵한단 말이조 요?

올버니 요망한 여자로군! 이 비밀 편지를 알고 있느냐?

거너릴 당신이 알든 말든 무슨 상관이야! (퇴장)

올버니 그녀를 뒤따라 가 보라. 미친 게 분명해. 그녀를 진정시켜라.

(장교 퇴장)

에드먼드 나는 당신이 고발한 죄를 다 인정하오. 그 밖에도 나는 많은 죄를 저질렀소. 시간이 지나면 밝혀질 날이 올 것을 알고 있었소. 그건 모두 다 지나간 일이오. 그런데 운 좋게도 나를 때려눕힌 당신은 도대체 누그요? 만일 당신이 귀한 혈통의 사람이라면 내가 다 깨끗하게 용서하리다.

에드거 자, 이제 화해하자! 에드먼드, 내 혈통도 너 못지않다. 만일 내 혈통이 너보다 우월하다면 너는 내게 큰 죄악을 저지른 셈이다. 내 이름은 에드거, 네 아버지의 아들이자 너의 형이다. 신은 공평하시지. 신은 우리가 즐기는 쾌락을 우릴 벌하는 도구로 쓰신다. 어둡고 음란한 침실에서 너를 만든 벌로, 아버지는 자신의 두 눈을 잃고 마셨다.

에드먼드 맞아요, 형님 말씀이 다 옳아요. 모든 일이 인과응보의 수레바퀴와 같지요. 그렇게 인과응보의 수레바퀴가 한 바퀴 돌아서 내가 이 지경이 되었네요.

올버니 (에드거의 손을 잡으며) 자네가 하는 모든 행동거지와 몸가짐만 보고도 자네가 고귀한 가문에서 태어났다는 사실을 알고 있었다네. 자네를 한번 꼭 껴안고 싶네. 만일 내가 자네나 자네 아버지를 조금이라도 미워한 적이 있었다면, 내 가슴은 슬픔으로 찢어지는 아픔을 느꼈을 걸세.

에드거 공작님, 잘 알고 있습니다.

올버니 지금까지 어디에 숨어 있었나? 어떻게 자네 아버지의 불행을 알았지?

에드거 제가 돌봐 드렸습니다. 말씀드리겠습니다. 제 이야기가 다 끝날 때, 제 심장이 터져 버렸으면 좋겠습니다! 저를 체포하라는 포고령이 제 뒤를 추격해 왔습니다. 삶에 대한 애착은 아주 달콤한가 봅니다. 그래서 저는 개들조차 거들떠보지 않는 누더기를 입은 채 미친 거지 노릇을 하기로 했습니다. 그런 꼴로 아버님을 만났을 때, 그분은 이미 보석 같은 눈알을 잃고 그 눈구멍은 피로 범벅이 되어 있더군요. 그 뒤부터 저는 아버님의 길벗으로

아버님의 손을 이끌고 거지 노릇도 하면서 그분의 안내
인 노릇을 했답니다. 그런데 제가 보통의 일상으로 되돌
아가기 한 30분 전, 그만 제 정체를 아버님에게 밝히고
말았습니다. 그런 생각은 정말 어리석은 것이었지요. 무
슨 일인지 이번 결투에 자신이 서지 않아 아버님께 축복
을 빌고자 지금까지의 모든 일을 다 말씀드렸습니다. 그
러자 아버님의 약한 심장은 슬픔과 기쁨의 소용돌이 속
에서 무서운 충격을 견디기 어려우셨던지, 미소 띤 얼굴
을 마지막으로 숨을 거두고 마셨습니다.

에드먼드 형님 이야기에 크게 감동했습니다. 이제 저도 참다
운 인간으로 살렵니다. 이야기를 더 계속해 주세요. 더
많은 이야기가 있을 것 같아요.

올버니 이야기가 더 있다면 그건 아마도 아주 슬픈 이야기겠
지, 이제 그만하게! 들은 이야기만으로도 충분히 눈물이
쏟아질 것 같으니.

에드거 슬픔을 참지 못하는 사람들에게는 이야기가 여기서
끝난 것처럼 여겨질 것입니다. 하지만 이게 끝이 아닙니
다. 이 이야기를 들으시면 지금까지의 슬픔은 아무것도
아닐 것입니다. 제가 아버님이 별세하신 것을 슬퍼하며
울고 있을 때 어떤 사람이 나타났습니다. 그 사람은 저
의 몰골을 보고 처음에는 저를 피하려고 했습니다. 하지
만 몹시 슬퍼하는 저를 알아보고서 그 억센 두 팔로 제

목을 감고 세상이 떠나가라 큰 소리로 슬피 울었습니다. 그분은 제 아버님의 유해를 얼싸안고서, 리어왕과 자기 자신에 관한 슬픈 이야기를 해 주셨습니다. 이 세상에 그런 슬픈 이야기는 다시는 없을 것입니다. 그분은 너무 슬픔에 겨운 나머지 숨이 넘어가는 듯했습니다. 바로 그때, 두 번째 나팔 소리가 들려 실신한 그분을 그곳에 그대로 내버려 둔 채 이리 왔습니다.

올버니 그 사람은 누구였는가?

에드거 바로 켄트 백작입니다. 추방된 켄트 백작 말입니다. 그는 변장한 채 원수같이 생각해야 할 왕을 쫓아다니면서 노예도 하지 못할 온갖 힘든 시중을 다 들어 왔습니다.

(피 묻은 칼을 들고 한 신사 등장)

신사 큰일, 큰일 났습니다! 아, 정말 큰일 났습니다!

에드거 무슨 일이냐?

올버니 당장 말하라!

에드거 그 피 묻은 칼은 무엇인가?

신사 아이고, 아직 여기서 김이 날 정도예요. 지금 막 가슴에서 뺀 칼이라서……. 그녀가 돌아가셨습니다.

올버니 누가 죽었다고? 당장 말해!

신사 부인이십니다. 공작 부인입니다. 또 공작 부인께서는 자기 여동생을 독살했다고 자백하셨습니다.

에드먼드 난 두 자매와 부부가 되겠다고 약속했는데… …. 이렇게 되었으니 세 사람이 같은 순간에 결혼해야 하는구나.

에드거 켄트 백작이 오십니다.

(켄트 등장)

올버니 죽었든 살았든 두 사람을 이리로 데리고 오거라. 하늘이 내린 천벌에 두려워 떨기는 하더라도 연민의 감정은 하나도 일지 않는다. (켄트를 알아본다.) 오, 이분이 바로 그분이신가? 실례가 되는 줄 압니다만, 상황이 상황인지라 인사는 생략하겠습니다.

켄트 국왕이시며 저의 주인 되시는 분께 영원한 하직 인사를 드리러 왔습니다. 여기 계시지 않으신가요?

올버니 아주 중대한 일을 잊고 있었구나! 에드먼드, 국왕께서는 어디 계시냐? 코딜리어 왕비는?

(시종들이 거너릴과 리건의 시체를 가져온다.)

올버니 켄트 백작, 저것 보이시오?

켄트 아니, 이게 웬일입니까?

에드먼드 아무튼 이 에드먼드는 여자의 사랑을 받았소. 나

때문에 언니는 동생을 독살하고, 스스로 목숨을 끊은 것이오.

올버니 맞소. 그 시체의 얼굴을 덮어라.

에드먼드 숨이 가쁘다. 나의 천성은 악하지만, 마지막으로 선행하고 죽고 싶소. (올버니에게) 어서 사람을 보내시오. 급하오. 성으로 사람을 보내시오. 리어왕과 코딜리어를 죽이라는 명령을 이미 보냈소. 제발 늦지 않게 빨리 사람을 보내시오!

올버니 뛰어, 뛰어가, 빨리 뛰어가라!

에드거 공작님, 누구에게 가야 합니까? (에드먼드에게) 누가 명령을 받았지? 집행 중지 명령의 징표를 내게 다오.

에드먼드 잘 생각하셨습니다. 내 칼을 부대장에게 주시오.

올버니 서둘러서 가라.

(에드거 퇴장)

에드먼드 공작 부인과 내가 코딜리어를 감옥에서 목매 죽이고, 절망 끝에 자살한 것처럼 보이게 하라고 명령했습니다.

올버니 오, 신들이시여! 코딜리어를 보호해 주소서! 저자를 잠시 데리고 나가라.

(에드먼드 퇴장)

(리어가 미치광이 상태로 코딜리어의 시체를 양손으로 안고 나
타난다. 에드거, 장교, 그 밖의 사람들 등장)

리어 (시체를 땅바닥에 내려놓고, 그 옆에 무릎을 꿇는다.) 울어, 울
어라, 울부짖어라! 오, 너희는 돌이냐, 무엇이냐? 내가
너희의 혀와 눈을 가졌다면 그것으로 하늘을 무너뜨렸
을 것이다. 내 딸은 영원히 가 버렸다. 나는 죽었는지 살
았는지 알아. 내 딸은 죽어서 흙처럼 되어 버렸어. 거울
을 다오. 만일 입김으로 그 거울이 흐려지거나 더러워지
면 내 딸은 살아 있는 거다.

켄트 이것이 예언된, 세상의 종말인가?

에드거 그렇지 않으면 그 무서운 종말의 환상이란 말인가?

올버니 하늘이여, 무너져라! 땅이여, 꺼져라!

리어 (새털을 코딜리어의 입술에 갖다 대며 숨 쉬고 있는지 아닌지
확인하려 한다.) 깃털이 움직인다. 내 딸은 아직 살아 있
다! 그렇다면 내가 여태껏 겪은 모든 불행을 보상받는
것이다.

켄트 (무릎을 꿇으며) 오, 폐하!

리어 저리 가!

에드거 저분은 폐하의 충신인 켄트 백작이십니다.

리어 이놈들, 천벌을 받아라. 너희는 모두 살인자다. 역적들
이다! 난 내 딸을 살릴 수 있었는데, 이제 너는 영원히
눈을 감았구나! 코딜리어, 코딜리어, 조금만 기다려라!
뭐? 지금 너 뭐라고 했느냐? 코딜리어의 목소리는 부드
럽고 상냥하고 조용했어. 그것이야말로 여자의 아름다
움 아니겠느냐? 하지만 널 목 졸라 죽인 그놈은 내가 내
손으로 그만 죽였다.

장교 사실입니다, 공작 각하. 그렇게 하셨습니다.

리어 이봐! 내가 그러지 않았느냐? 나도 한때 큰 칼을 휘둘
러 이리저리 뛰게 할 수도 있었다. 하지만 이젠 늙었다.
온갖 시련을 겪은 탓에 아무짝에도 쓸모없는 퇴물이 되
어 버렸어. (켄트를 보고) 너는 누구냐? 눈이 나빠서 잘 보
이지를 않는구나. 하지만 곧 알아볼 수 있을 것이다.

켄트 운명의 여신이 사랑하고 미워한 두 사람이 있었다면,
눈앞에 보이는 사람이 그 가운데 한 사람일 것입니다.

리어 눈이 침침하군. 자네는 켄트 아닌가?

켄트 맞습니다. 그렇습니다. 폐하의 신하, 켄트입니다. 폐하
의 시종 카이어스는 어디 있습니까?

리어 그놈은 무척 좋은 놈이었어. 정말이야! 칼 솜씨도 빠르
고 날쌨어. 하지만 그 사람은 죽었어. 이미 다 썩어 버렸
다고.

켄트 아닙니다, 폐하. 제가 바로 그 카이어스입니다.

리어 내가 반드시 분별할 수 있을 거다.

켄트 폐하의 운명이 바뀌신 그때부터 저는 폐하의 슬픈 발자국을 따라다녔습니다.

리어 그래, 잘 와 주었구나.

켄트 바로 저입니다. 이제 세상에 기쁨과 즐거움은 사라졌습니다. 이제 암흑과 죽음만이 있을 뿐입니다. 폐하의 두 따님은 돌아가셨습니다. 절망한 나머지 목숨을 끊었습니다.

리어 맞다, 그랬을 거다.

올버니 폐하께서는 스스로 하신 말씀도 잘 모르시는 모양이오. 그러니 우리 이름을 말씀드려도 아무 소용이 없겠습니다.

에드거 네, 그렇습니다.

(한 장교 등장)

장교 에드먼드 님이 돌아가셨습니다.

올버니 그건 아주 사소한 일에 불과하다. 귀족 여러분, 그리고 나의 친구들이여! 나의 숨은 뜻을 알아주길 바라오. 엄청난 불행으로 큰 상처를 입으신 폐하를 내가 위로해 드리겠소. 나는 당장 내 직책을 사임할 것이오. 그리고 나의 모든 권한을 폐하께 넘겨드릴 것이오. 살아 계시는

동안, 다시 나랏일을 맡으시도록 하겠소. (에드거와 켄트
에게) 두 분께서는 모든 권리를 되찾게 될 것입니다. 또
이번 공로를 가상히 여겨 많은 포상을 베풀겠소. 우리
편을 든 자는 그 공로에 대해 상을 받을 것이며, 적의 편
을 든 자에게는 그 죄에 합당한 벌을 내리도록 할 것이
오. 자, 저기를 보시오!

리어 아, 내 불쌍한 아가는 목이 졸려 죽었다! 이제 생명이
없어, 없다고, 없단 말이야! 개도 말도 쥐도 생명이 있는
데, 왜 너는 숨을 쉬지 않는단 말이냐? 너는 이 세상으로
다시는 되돌아오지 않겠지? 다시는, 다시는, 다시는! 제
발 이 단추 좀 끌러 주게. 고맙네. 이것이 보이느냐? 저
아이 얼굴을 봐라! 봐, 입술을! 저기를 봐, 저길 봐!

에드거 기절하셨습니다! 폐하, 폐하!

켄트 가슴아, 터져라. 제발, 가슴아! 터져라.

에드거 폐하, 기운을 내십시오. (왕을 안아서 일으키려고 한다.)

켄트 그분의 영혼을 괴롭히지 마시오. 편안히 가실 수 있도
록 합시다. 폐하께서는 괴로운 이 세상의 형틀 위에 조
금이라도 머무르게 하는 사람을 증오할 것이오.

(리어가 죽는다.)

에드거 운명하셨습니다.

켄트 그렇게 오래 견디신 것이 신기할 정도요. 그저 허울만 살아 계실 뿐이었지만.

올버니 유해를 지금 옮기시오. 우리가 지금 할 수 있는 유일한 일은 온 국민이 애도의 뜻을 표할 수 있게 하는 것이오. (켄트와 에드거에게) 내 영혼의 친구인 두 분은 부디 이 나라를 통치하고, 이 난국을 제대로 바로잡아 주시오.

켄트 저는 조만간 여행길에 올라야 합니다. 제 군주게서 부르시니 거절할 수가 없습니다.

에드거 우리는 이 불행한 시대의 큰 슬픔을 겸허히 이겨 내야 합니다. 앞으로 우리는 하고 싶은 말은 삼가그, 우리가 느끼는 것만 말합시다. 가장 연로하신 분이 가장 큰 고통을 받으셨습니다. 젊은 우리는 그렇게 많은 고난을 견뎌 낼 수 없습니다. 게다가 우리는 그렇게 오래 살아가지도 못할 것입니다.

(유해가 관에 담겨 나간다. 모두가 장송곡에 맞추어 그 뒤를 따른다. 퇴장)

리어왕

작품 해설 및 작가 연보

「리어왕(King Lear)」 작품 해설

1. 작가의 생애

영국이 낳은 세계적인 시인이자 극작가인 윌리엄 셰익스피어(William Shakespeare, 1564~1616)는 1564년 4월 26일, 잉글랜드 스트랫퍼드 어폰 에이번(Stratford-Upon-Avon)에서 출생했다. 아버지 존 셰익스피어는 부유한 상인이었기에 셰익스피어는 비교적 여유로운 환경에서 성장한다.

그는 성서와 고전을 통해 라틴어를 배우며 초 · 중등 교육을 받게 된다. 하지만 점점 가세가 기울어지면서 학업을 중단하게 된다. 그는 비록 고등 교육을 받지 못했지만, 문학에 남다른 재능이 있었기에 훗날 작가로서 위대한 명성을 떨치게 된다. 1582년에는 여덟 살 연상녀인 앤 해서웨이와 결혼하고, 1585년에 아들과 쌍둥이 딸을 얻게 된다.

1588년부터 1589년까지 셰익스피어의 작품들이 런던에서 상연되며, 이 무렵 그는 런던에 머물게 된다. 그는 시인이자 극작가, 배우, 극장 주주로서 다방면에서 활동한다.

1590년대의 영국은 엘리자베스 1세(1558~1603)가 통치하던 시기였으며, 문화 · 예술의 부흥기였다. 이때부터 셰익스피어는 극작가로서 재능을 인정받기 시작한다. 그는 궁내부 장관 극단의 단원이 되어 전속 극작가이자 시인으로 활동하게 된다. 그러다가 1599년에는 궁내부장관 극단의 동료들과 함께 신축한 글로브 극장의 공동 소유주가 된다. 하지만 페스트가 창궐하면서 극장이 폐쇄되고 극단도 개편된다. 1603년, 제임스 1세가 즉위하면서 그의 후원 아래 궁내부장관 극단은 국왕 극단으로 개명되고, 셰익스피어는 그곳에서 조연 배우로 활동하게 된다.

그의 작품들은 창작 시기를 기준으로 크게 4단계로 나눌 수 있다. 1기로 볼 수 있는 1590년대 초반(1590~1594)에는 「헨리 6세(Henry VI)」, 「리처드 3세(Richard III)」 등의 역사극과 「실수 연발(Comedy of Errors)」과 같은 희극을 창작했다. 또한 이 시기에 그는 「비너스와 아도니스(Venus and Adonis)」, 「루크리스의 능욕(The Rape of Lucrece)」이라는 시를 발표하며 시인으로서도 뛰어난 면모를 보인다.

2기로 볼 수 있는 1590년대 중반(1595~1600)에는 「로미오와 줄리엣(Romeo and Juliet)」, 「한여름 밤의 꿈(A Midsummer Night's Dream)」, 「헛소동(Much Ado About Nothing)」, 「뜻대로 하세요(As you like it)」, 「십이야(Twelfth Night)」 등과 같이 사랑을 소재로 한 로맨스극을 창작한다. 하지만 셰익스피어가 가장 주목을 받았던 것은 비극을 쓰기 시작한 1600년대부터였다.

3기로 볼 수 있는 1600년대 초반(1601~1607)은 그의 작품성이 절정에 이른 시기였다. 희극「윈저의 즐거운 아낙네들(The Merry Wives of Windsor)」을 비롯해「트로일러스와 크레시다(Troilus and Cressida)」,「끝이 좋으면 다 좋아(All's Well That Ends Well)」,「자에는 자로(Measure for Measure)」와 같이 희극과 비극적 요소가 혼재된 작품들과「줄리어스 시저(Julius Caesar)」,「안토니와 클레오파트라(Antony and Cleopatra)」등과 같은 비극을 주로 창작했다. 그러다가 1606년 이후부터 그의 필생의 역작인 4대 비극,「햄릿(Hamlet)」,「오셀로(Othello)」,「리어왕(King Lear)」,「맥베스(Macbeth)」가 탄생한다.

마지막 4기로 볼 수 있는 1608년 이후(1608~1613)에는「심벨린(Cymbeline)」,「겨울 이야기(The Winter's Tale)」,「태풍(The Tempest)」과 같이 희극과 비극적 요소가 혼재된 희비극을 창작하며 인생에 대해 심도 있게 고찰했다.

이렇듯 수많은 작품을 창작한 셰익스피어는 1613년까지 총 38편의 작품을 발표한 뒤 1616년 4월 23일, 53세를 일기로 생을 마감했다. 그의 작품은 생전에 19편 정도 출간되었고, 그의 사후인 1623년에 글로브 극장 시절의 동료들이 편집해서 모은 극작품들이 2절판 작품집(folio)으로 출간되었다. 현전하는 셰익스피어의 작품은 희곡 38편, 소네트(sonnet, 14행시) 154편과 더불어 장시 2편이 있다.

그가 남긴 수많은 작품 중에서 오늘날까지 많은 사랑을 받고 있는 4대 비극 중의 하나인「리어왕」에 대해 살펴보기로 하자.

2. 작품 내용 살펴보기

셰익스피어의 4대 비극 중에서도 가장 강렬하고 통렬한 비극이라 불리는 「리어왕」은 총 5막으로 구성되어 있다. 작품 내용은 다음과 같다.

영국의 노왕인 리어에게는 거너릴, 리건, 코딜리어라는 세 명의 딸이 있다. 나이가 들어 더 이상 나라를 통치할 수 없게 된 리어왕은 자신의 모든 권한을 사위들에게 위임하고 딸들에게 국토를 나눠 주기 위해 그들을 부른다. 리어왕은 자신을 향한 딸들의 사랑을 시험해 보기 위해 딸들에게 자신을 얼마나 사랑하는지 물으며, 그 사랑의 크기만큼 국토를 나눠 주겠다고 말한다.

코딜리어 저는 할 말이 아무것도 없습니다.

리어 뭐? 할 말이 하나도 없다고?

코딜리어 네, 할 말이 하나도 없습니다.

리어 할 말이 없다면 얻을 것도 없지. 다시 한번 말해 보아라.

코딜리어 안타깝지만 저는 제 마음속에 있는 것을 입으로 끌어 올릴 수가 없습니다. 저는 폐하를 사랑합니다만, 그저 자식 된 도리로서 폐하를 사랑할 뿐입니다. 그 이상도, 그 이하도 아닙니다.

그러자 첫째와 둘째 딸인 거너릴과 리건은 온갖 화려한 미사여구를 동원해 리어왕의 비위를 맞춘다. 하지만 막내딸 코딜리어는 리어왕에게 자신은 그저 자식 된 도리로서 최선을 다해 아버지를 사랑할 뿐 다른 말은 할 수 없다고 말한다. 그러자 리어왕은 코딜리어의 사랑을 의심하며 몹시 분노하게 되고, 결국 코딜리어에게는 자신의 재산을 한 푼도 줄 수 없다며 그녀를 쫓아낸다.

무일푼으로 쫓겨난 코딜리어는 그녀의 진가를 알아본 프랑스 왕과 결혼한 뒤 함께 프랑스로 떠난다. 자신의 전 재산을 첫째와 둘째 딸에게 물려준 리어왕은 두 딸의 집을 전전하며 살아간다. 하지만 두 딸은 아버지를 모시는 데 불만을 품으며 점점 그를 냉대하고 서로에게 아버지를 떠맡기려 한다. 참다못한 리어왕은 폭풍우가 치는 어느 밤에 거리로 나와 자신의 신세를 한탄하며 정신 이상 증세를 보인다.

리어　바람아, 불어라! 내 두 뺨이 찢겨 나가도록! 불어라, 불어! 폭풍우여, 폭포처럼 쏟아져 내려라. 물기둥이 솟구쳐 올라 치솟은 탑과 풍차마저 물속에 잠기게 하라! 마음에 생각하는 것처럼 재빠른 유황의 불이여, 참나무를 쪼개 버리는 벼락의 선구자 번개여, 내 흰머리를 태워 버려라! 만물을 뒤흔드는 천둥이여, 둥근 이 지구를 때리고 짓이겨서 납작하게 만들어라. 대자연이 인간을 창조한 이 세상을 부수어라, 배은망덕한 인간을 태어나게 할 모든 씨앗을 단번에 완전히 쓸어 버려라!

(⋯)

리어 마음껏 으르렁거려라! 번갯불아, 불기둥을 뿜어내롸! 비
야, 쏟아져라! 비도 바람도 천둥도 번개도 내 딸은 아니
다. 비바람이여, 너희가 불친절하다고 고발하지 않겠다.
나는 너희에게 땅도 주지 않았고, 너희를 자식이라고 부
르지도 않았다. 너희는 나에게 충성을 다할 의무가 없다.
그러니 네 멋대로 행패를 부려도 좋다. 나는 너희의 노예
로 여기 이렇게 서 있는 것이다. 나는 불쌍하고 무기력하
고 허약하며 멸시받는 늙은이일 뿐이다. 너희를 비굴한
앞잡이라고 부르겠다. 백발을 한 늙은이를 향해 그 몹쓸
두 딸년의 편이 되어 하늘의 군대를 끌고 오다니! 아아,
정말 매정하구나!

(폭풍우가 계속 격렬히 불어 댄다.)

「리어왕」은 산문이지만, 비탄에 잠겨 폭풍우 속에서 소리
치는 리어왕의 독백은 셰익스피어 특유의 섬세하고 아름다
운 운문적인 요소가 잘 드러나는 대목이다. 리어왕은 자신의

모든 것을 내어 주었음에도 자식들에게 버림받은 스스로의 처지를 비관하며 세상의 모든 배은망덕한 인간들을 향해 분노 어린 저주를 퍼붓고 있다.

한편, 코딜리어를 두둔하며 충언했다는 이유로 국외로 추방당한 리어왕의 충신 켄트는 변장하고 나타나 정신 이상 증세를 보이는 리어왕 곁에 머물며 그를 호위한다. 리어왕은 자신을 호위하는 사람이 자기 손으로 내친 충신 켄트인지도 모르고 그에게 의지하며 살아간다. 뒤늦게야 코딜리어와 켄트의 진심을 알게 된 리어왕은 아집과 욕망에 가려져 진실을 보지 못했던 어리석은 지난날을 자책한다. 리어왕은 켄트의 도움으로 코딜리어와 재회하게 된다.

리어왕에게 모든 재산을 물려받았음에도 아버지를 거리로 내몰며 불효를 저질렀던 거너릴과 리건은 글로스터 공의 서자인 에드먼드를 좋아하게 된다. 한 남자를 두고 연적이 된 그녀들은 서로를 시기한 나머지 사이가 틀어진다. 마침내 거너릴은 리건을 독살하고, 그녀 역시 스스로 목숨을 끊는다.

이 작품은 크게 '리어왕의 이야기'와 '글로스터 백작의 이야기'로 나눌 수 있다. 리어왕의 신하인 글로스터 백작 역시 리어왕처럼 자신을 진정으로 사랑하는 자식을 알아보지 못하고 어리석은 실수를 저지르는 인물이다. 그는 권력과 재산에 눈이 먼 서자 에드먼드의 감언이설에 속아 착한 아들 에드거를 패륜아로 의심하고 급기야 그를 죽이려고 한다.

그러던 어느 날, 글로스터 백작은 리어왕을 도와준 죄로 두 눈을 뽑히는 벌을 받게 된다. 그러자 에드거는 다른 사람 행세를 하며 아버지 곁에 머물면서 그를 보살핀다. 리어왕에게 충신 켄트가 있었다면 글로스터 백작에게는 그를 진심으로 사랑하는 아들 에드거가 있었던 것이다. 두 눈을 잃고 나서야 비로소 진실을 깨닫게 된 글로스터는 에드거 곁에서 숨을 거둔다.

한편, 코딜리어는 위기에 처한 아버지를 돕기 위해 남편에게 부탁해 프랑스 군대를 이끌고 영국으로 진격한다. 하지만 프랑스군이 패배해 그녀는 리어왕과 함께 포로가 된다. 결국 코딜리어는 영국 병사에 의해 교살된다. 그러자 워낙 건강 상태가 좋지 않았고 설상가상으로 막내딸의 죽음을 알기 된 리어왕은 큰 충격과 슬픔으로 세상을 떠난다. 결국 거너릴의 남편인 올버니 공작이 리어왕의 뒤를 이어 영국의 왕위를 계승한다.

3. 마치며

셰익스피어의 작품은 문학사적인 측면에서뿐만 아니라 연극, 미술, 음악, 영화 등 다양한 장르의 예술 분야에드 큰 기여를 했다. 그의 작품은 수세기가 지난 오늘날까지도 재출간되고 무대, 스크린 등에서 재연되면서 새로운 모습으로 수많은 사람과 여전히 호흡하고 있다.

셰익스피어의 수많은 작품 중에서 특히 '4대 비극'이 주목받는 이유는 무엇일까? 그것은 4대 비극이 작품의 완성도와 더불어 인간에 대한 깊이 있는 이해와 성찰을 보여 주며 인간이기에 그러할 수밖에 없는, 탐욕과 어리석음으로 후회하는 인간의 한계를 다루었기 때문이다. 그 가운데 「리어왕」은 인간의 내면을 심도 있게 고찰하며, 배신과 증오, 욕망과 질투, 진정한 사랑과 그 마음을 알아보지 못하는 인간의 어리석음에서 비롯된 오해와 갈등, 파멸을 다루고 있다. 어떠한 희망도, 미래도 약속하지 않은 채 결국 주요 인물들의 죽음으로 마무리되는 이 작품은 셰익스피어의 4대 비극 중 가장 강렬하고 통렬한 비극이라 불릴 만큼 처절하다.

독자들은 진실을 보지 못하고 진정한 자신의 '편'을 내치는 리어왕과 글로스터 백작의 어리석음을 조롱하고 비난하게 될 것이다. 동시에 우리 모두는 불완전한 인간이기에 그들의 실수와 우매함을 이해하고 공감하게 될 것이다.

희극이 독자들에게 유쾌한 재미를 선사해 준다면, 비극은 불편한 진실을 파헤치며 깨달음을 전해 준다. 유쾌함만이 즐거움은 아니다. 불편함 속에서도 무언가를 얻을 수 있다면, 그래서 자성(自省)할 수 있다면 그 역시 또 다른 즐거움이 될 것이다.

앞서 출간된 「햄릿」과 더불어 셰익스피어의 아름다운 언어와 예리한 통찰력이 빚어낸 「리어왕」이 부디 독자들에게 불편한 즐거움을 선사해 주기를, 아울러 독자들이 그 즐거움을 기꺼이 누려 주기를 바란다.

작가 연보

1564년 잉글랜드 스트랫퍼드 어폰 에이번에서 태어남. 존 셰익스피어와 메리 아든 사이에서 8남매 중 맏아들로 출생.

1577년 가정 형편 때문에 학업을 중단함.

1582년 여덟 살 연상인 앤 해서웨이와 결혼함.

1583년 첫 딸인 수잔나가 태어남.

1585년 아들 햄닛과 딸 쥬디스 쌍둥이 남매가 태어남.

1588~1589년 런던에서 최초 극작품들이 공연됨.

1590~1592년 「베로나의 두 신사」, 「실수 연발」, 「헨리 6세」(1, 2, 3부)를 창작함. 로버트 그린의 "벼락출세한 이"라는 언급을 통해 런던 연극계에서 셰익스피어의 이름이 처음으로 거론됨.

1593~1594년 장시인 「비너스와 아도니스」와 「루크리스의 능욕」을 발표함. 「말괄량이 길들이기」를 창작함.

1595~1597년 「로미오와 줄리엣」, 「리처드 2세」, 「존 왕」, 「한 여름 밤의 꿈」, 「사랑의 헛수고」를 창작함. 1595년에 챔벌린 극단의 주주가 됨. 이때부터 배우, 극작가, 주주로 활동이 시작됨.

1596년 아들 햄닛이 11세의 나이로 사망함.

1597~1598년 「헨리 4세」(1, 2부), 「헨리 5세」, 「헛소동」을 창작함.

1599년 글로브 극장을 건립함.

1598~1600년 「헨리 5세」, 「줄리어스 시저」, 「뜻대로 하세요」를 창작함.

1600~1601년 「햄릿」, 「윈저의 즐거운 아낙네들」, 「십이야」를 창작함.

1601년 아버지 존 셰익스피어가 사망함.

1602년 「트로일러스와 크레시다」를 창작함.

1603~1605년「오셀로」,「끝이 좋으면 다 좋아」,「아테네의 타이먼」을 창작함.

1605~1606년「리어왕」,「맥베스」,「안토니와 클레오파트라」를 창작함.

1607년「페리클리즈」를 창작함.

1608년「코리오레이너스」를 창작함. 어머니 메리 아든이 사망함.

1609년「심벨린」,「소네트의 집」을 출판함. 셰익스피어의 극단이 블랙프라이어즈 극장을 매입함.

1610년 런던에서 스트랫퍼드로 귀향함.

1613~1614년「헨리 8세」,「두 귀족 친척」을 창작함.

1616년 사망해 스트랫퍼드 어폰 에이번의 성 트리니티 교회에 안장됨.

거장의 숨소리를 만나는 특별한 여행

001 │ 위대한 개츠비 × F. 스콧 피츠제럴드 Francis Scott Key Fitzgerald
- 〈타임〉 선정 '현대 100대 영문 소설' • 랜덤하우스 선정 '20세기 100대 영문 소설' 2위
- BBC 선정 '반드시 읽어야 할 고전'

002 │ 동물농장 × 조지 오웰 George Orwell
- 〈타임〉 선정 '현대 100대 영문 소설' • 미국 대학위원회 SAT 추천 도서 • 〈뉴스위크〉 선정 '세계 100대 명저' • BBC 선정 '지난 1,000년간 최고의 문학가' 3위

003 │ 노인과 바다 × 어니스트 헤밍웨이 Ernest Hemingway
- 노벨 연구소 선정 '세계 문학 100대 작품' • 〈뉴스위크〉 선정 '세상을 움직인 100권의 책'
- 우리나라 문인이 가장 선호하는 '세계 문학 100선'

004 │ 데미안 × 헤르만 헤세 Herman Hesse
- 미국 대학위원회 SAT 추천 도서 • 1946년 노벨 문학상 수상 작가 • 우리나라 문인이 가장 선호하는 '세계 문학 100선'

005 006 007 │ 오만과 편견 × 제인 오스틴 Jane Austen
- 미국 대학위원회 SAT 추천 도서 • 노벨 연구소 선정 '세계 문학 100대 작품'
- BBC 선정 '지난 1,000년간 최고의 문학가' 2위

008 009 │ 1984 × 조지 오웰 George Orwell
- 〈타임〉 선정 '현대 100대 영문 소설' • 〈뉴스위크〉 선정 '역대 세계 최고의 책' 2위
- BBC 선정 '지난 1,000년간 최고의 문학가' 3위

010 │ 이방인 × 알베르 카뮈 Albert Camus
- 미국 대학위원회 SAT 추천 도서 • 1957년 노벨 문학상 수상 작가 • 노벨 연구소 선정 '세계 문학 100대 작품' • 우리나라 문인이 가장 선호하는 '세계 문학 100선'

011 | **젊은 베르테르의 슬픔 × 요한 볼프강 폰 괴테** Johann Wolfgang von Goethe
- 미국 대학위원회 SAT 추천 도서
- 서울대학교 선정 '세계 문학 작품 100'

012 013 | **페스트 × 알베르 카뮈** Albert Camus
- 1957년 노벨 문학상 수상 작가 • 서울대학교 선정 '고전 200선'
- 국립중앙도서관 선정 '고전 100선'

014 | **인간 실격 × 다자이 오사무** Dazai Osamu
- 〈뉴욕타임스〉 선정 '일본 문학'

015 | **변신 × 프란츠 카프카** Franz Kafka
- 미국 대학위원회 SAT 추천 도서 • 서울대학교 선정 '권장 도서 100선'
- 연세대학교 선정 '필독 도서 200선'

016 017 | **그리스인 조르바 × 니코스 카잔차키스** Nikos Kazantzakis
- 미국 대학위원회 SAT 추천 도서 • 노벨 연구소 선정 '세계 문학 100대 작품'
- 우리나라 문인이 가장 선호하는 '세계 문학 100선'

018 | **지킬박사와 하이드 × 로버트 루이스 스티븐슨** Robert Louis Stevenson
- 아마존 선정 '일생에 읽어야 할 100권의 책'
- 〈옵서버〉 선정 '가장 위대한 소설 100권'
- 우리나라 문인이 가장 선호하는 '세계 문학 100선'

019 | **사람은 무엇으로 사는가 × 레프 니콜라예비치 톨스토이** Leo Nikolayevich Tolstoy
- 영어권 문학가들이 뽑은 '가장 좋아하는 작가'

020 | **어린 왕자 × 앙투안 드 생텍쥐페리** Antoine Marie Roger De Saint Exupery
- 아마존 선정 '일생에 읽어야 할 100권의 책'
- 우리나라 교수들이 뽑은 '다시 읽고 싶은 책 33선' 10위

021 | **오 헨리 단편선 × 오 헨리** O. Henry
- 서울대학교 추천 도서 • 서울시 교육청 추천 도서

022 | 수레바퀴 아래서 × 헤르만 헤세 Herman Hesse
• 1946년 노벨 문학상 수상 작가 • 서울대학교 선정 '고전 200선'

023 | 프랑켄슈타인 × 메리 셸리 Mary Shelley
• 〈옵서버〉 선정 '가장 위대한 소설 100권'
• 〈뉴스위크〉 선정 '세계 100대 명저'

024 | 사양 × 다자이 오사무 Dazai Osamu
• 다자이 오사무 최고의 베스트셀러

025 | 탈무드 × 유대인 랍비들 Jewish Rabbis
• 5,000년 유대인 지혜의 책

026 | 싯다르타 × 헤르만 헤세 Herman Hesse
• 1946년 노벨 문학상 수상 작가

027 | 햄릿 × 윌리엄 셰익스피어 William Shakespeare
• 미국 대학위원회 SAT 추천 도서 • 〈뉴스위크〉 선정 '세계 100대 명저'
• 서울대학교 선정 '권장 도서 100선' • 국립중앙도서관 선정 '청소년 권장 도서'

028 | 인형의 집 × 헨리크 입센 Henrik Ibsen
• 2001년 자필 원고 유네스코 세계기록유산 지정

029 030 | 안나 카레니나 1~3 × 레프 톨스토이 Leo Nikolayevich Tolstoy
• 〈옵서버〉 선정 '인류 역사상 가장 훌륭한 책' • BBC 선정 '반드시 읽어야 할 고전'
• 〈뉴스위크〉 선정 '세계 100대 명저' • 서울대학교 선정 '권장 도서 100선'

031 032 | 마담 보바리 × 귀스타브 플로베르 Gustave Flaubert
• 미국 대학위원회 SAT 추천 도서 • 〈뉴스위크〉 선정 '세계 최고의 책 50선'

033 | 체호프 단편선 × 안톤 체호프 Anton Pavlovich Chekhov
• 노벨 연구소 선정 '세계 문학 100대 작품'
• 1888년 푸시킨상 수상 작가

034 035 | **도리언 그레이의 초상 × 오스카 와일드** Oscar Wilde
- 미국 대학위원회 SAT 추천 도서
- 〈동아일보〉 선정 '우리나라 명사들의 추천 도서'

036 | **로미오와 줄리엣 × 윌리엄 셰익스피어** William Shakespeare
- 미국 대학위원회 SAT 추천 도서
- 서울대학교 선정 '동서 고전 200선'

037 | **에드거 앨런 포 단편선 × 에드거 앨런 포** Edgar Allan Poe
- 미국 대학위원회 SAT 추천 도서   • 노벨 연구소 선정 '세계 문학 100대 작품'

038 | **지하로부터의 수기 × 표도르 미하일로비치 도스토옙스키** Fjodor Mikhailovич Dostoevsky
- 최초의 실존주의 소설
- 도스토옙스키의 사상적 전환이 담긴 작품

039 | **자기만의 방 × 버지니아 울프** Adeline Virginia Woolf
- 〈르몽드〉 선정 '20세기 최고의 책 100권'

040 | **리어왕 × 윌리엄 셰익스피어** William Shakespeare
- 미국 대학위원회 SAT 추천 도서
- 〈뉴스위크〉 선정 '세계 100대 명저'
- 〈가디언〉 선정 '권장 도서'

*** | **예언자 × 칼릴 지브란** Kahlil Gibran
- 성경 다음으로 많이 읽힌 책

*** | **적과 흑 1~2 × 스탕달** Stendhal
- 국립중앙도서관 선정 '청소년 권장 도서'

*** | **폭풍의 언덕 × 에밀리 브론테** Emily Bronte
- 미국 대학위원회 SAT 추천 도서   • BBC 선정 '반드시 읽어야 할 고전'
- 〈옵서버〉 선정 '인류 역사상 가장 훌륭한 책'
- 국립중앙도서관 선정 '청소년 권장 도서'

*** | **독일인의 사랑 × 프리드리히 막스 뮐러** Friedrich Max Müller
- 한국출판문화산업진흥원 선정 '대학 신입생 추천 도서'

*** | **이상한 나라의 앨리스 × 루이스 캐럴** Lewis Carroll
- BBC 선정 '영국인이 즐겨 읽은 책 100선' • 영국 최고 아동 도서 50선

*** | **두 도시 이야기 × 찰스 디킨스** Charles John Huffam Dickens
- 미국 대학위원회 SAT 추천 도서 • 미국 하버드대학교 선정 '신입생 추천 도서'

*** | **오페라의 유령 × 가스통 르루** Gaston Leroux
- 세계 4대 뮤지컬인 〈오페라의 유령〉 원작

*** | **월든 × 헨리 데이비드 소로** Henry David Thoreau
- 미국 대학위원회 SAT 추천 도서

*** | **킬리만자로의 눈 × 어니스트 헤밍웨이** Ernest Hemingway
- 1954년 노벨 문학상 수상 작가

*** | **오즈의 마법사 × 라이먼 프랭크 바움** L. Frank Baum
- 미국 대학위원회 SAT 추천 도서
- 연세대학교 선정 '필독 도서'

*** | **레 미제라블 1~5 × 빅토르 위고** Victor Marie Hugo
- 세계 4대 뮤지컬인 〈레 미제라블〉 원작 • WTO 북클럽 추천 도서

*** | **파우스트 1~2 × 요한 볼프강 폰 괴테** Johann Wolfgang von Goethe
- 미국 대학위원회 SAT 추천 도서 • 서울대학교 선정 '권장 도서 100선'
- 국립중앙도서관 선정 '청소년 권장 도서'

*** | **바냐 아저씨 × 안톤 체호프** Anton Pavlovich Chekhov
- 서울대학교 선정 '동서 고전 100선'

*** | **바람이 분다 × 호리 다쓰오** Tatsuo Hori
- 애니메이션 〈바람이 분다〉 원작

***** | 세 가지 질문 × 레프 니콜라예비치 톨스토이** Leo Nikolayevich Tolstoy
- 영어권 문학가들이 뽑은 '가장 좋아하는 작가'

***** | 맥베스 × 윌리엄 셰익스피어** William Shakespeare
- 미국 대학위원회 SAT 추천 도서 • 서울대학교 선정 '권장 도서 100선'
- 연세대학교 선정 '필독 도서 200선' • 국립중앙도서관 선정 '청소년 권장 도서'

***** | 외투 · 코 × 니콜라이 바실리예비치 고골** Nikolai Vasilievich Gogol
- 러시아 단편 소설의 모태가 된 작품

***** | 좁은 문 × 앙드레 지드** Andr-Paul-Guillaume Gide
- 1947년 노벨 문학상 수상 작가

***** | 벚꽃 동산 × 안톤 체호프** Anton Pavlovich Chekhov
- 세계 3대 단편 소설 작가의 극작품 • 1888년 푸시킨상 수상 작가

***** | 벤자민 버튼의 시간은 거꾸로 간다 × F. 스콧 피츠제럴드** Francis Scott Key Fitzgerald
- 영화 〈벤자민 버튼의 시간은 거꾸로 간다〉 원작

***** | 눈의 여왕 × 한스 크리스티안 안데르센** Hans Christian Andersen
- 노벨 연구소 선정 '세계 문학 100대 작품' • 세계를 움직인 100권의 책

***** | 개를 데리고 다니는 여인 × 안톤 체호프** Anton Pavlovich Chekhov
- 노벨 연구소 선정 '세계 문학 100대 작품' • 서울대학교 선정 '고전 200선'
- 1888년 푸시킨상 수상 작가

***** | 이솝 이야기 × 이솝** Aesop
- 서울 독서교육연구회 권장 도서 • 어린이 독서위원회 권장 도서

***** | 무기여 잘 있거라 × 어니스트 헤밍웨이** Ernest Hemingway
- 1954년 노벨 문학상 수상 작가

***** | 네 개의 서명 × 아서 코난 도일** Arthur Conan Doyle
- BBC 드라마 〈셜록〉 원작

*** | **배스커빌가의 개** × **아서 코난 도일** Arthur Conan Doyle
- BBC 드라마 〈셜록〉 원작

*** | **미녀와 야수** × **쟌 마리 르 프랭스 드 보몽** Jeanne-Marie Leprince de Beaumont
- 애니메이션 〈미녀와 야수〉 원작

*** | **공포의 계곡** × **아서 코난 도일** Arthur Conan Doyle
- BBC 드라마 〈셜록〉 원작

*** | **주홍색 연구** × **아서 코난 도일** Arthur Conan Doyle
- BBC 드라마 〈셜록〉 원작

*** | **제인 에어 1~2** × **샬럿 브론테** Charlotte Bronte
- 〈옵서버〉 선정 '인류 역사상 가장 훌륭한 책' • 〈가디언〉 선정 '세계 100대 최고의 책'
- BBC 선정 '반드시 읽어야 할 고전' • 미국 대학위원회 SAT 추천 도서

*** | **피아노 치는 여자** × **엘프리데 옐리네크** Elfriede Jelinek
- 2004년 노벨 문학상 수상 작가

*** | **왼손잡이** × **니콜라이 레스코프** Nikolai Semyonovich Leskov
- 러시아 사람들이 가장 좋아하는 소설

*** | **마음** × **나쓰메 소세키** Natsume Sosek
- 서울대학교 선정 '권장 도서 100선'

*** | **실낙원 1~2** × **존 밀턴** John Milton
- 단테의 『신곡』과 함께 '최고의 기독교 서사시'로 꼽히는 작품

*** | **복낙원** × **존 밀턴** John Milton
- 기독교 서사시 『실낙원』의 속편

*** | **테스 1~2** × **토머스 하디** Thomas Hardy
- 미국 대학위원회 SAT 추천 도서 • BBC 선정 '영국인이 사랑한 도서 100선'
- 서울대학교 선정 '고등학생 권장 도서 100선'

*** | 어머니 이야기 × 한스 크리스티안 안데르센 Hans Christian Andersen
• 1846년 덴마크 단네브로 훈장 수상 작가

*** | 야간 비행 × 앙투안 드 생텍쥐페리 Antoine Marie Roger De Saint Exupery
• 1931년 페미나 문학상 수상 작가

*** | 톰 소여의 모험 × 마크 트웨인 Mark Twain
• 1876년 출간 이후 절판된 적이 없는 스테디셀러

*** | 포로기 × 오오카 쇼헤이 Shohei Ooka
• 제1회 요코미쓰 리이치상 수상 작가

*** | 인공호흡 × 리카르도 피글리아 Ricardo Piglia
• 1997년 플라네타상 수상 작가
• 아르헨티나 작가 선정 '아르헨티나 역사상 가장 위대한 10대 소설'

*** | 정글북 × 조지프 러디어드 키플링 Joseph Rudyard Kipling
• 1907년 노벨 문학상 최연소 수상 작가 • 애니메이션, 영화 〈정글북〉 원작

*** | 신곡—연옥 × 단테 알리기에리 Alighieri Dante
• 미국 대학위원회 SAT 추천 도서 • 〈뉴스위크〉 선정 '세계 100대 명저'
• 서울대학교 선정 '권장 도서 100선' • 국립중앙도서관 선정 '고전 100선'

*** | 황금 물고기 × J.M.G. 르 클레지오 Jean-Marie-Gustave Le Clezio
• 2008년 노벨 문학상 수상 작가

*** | 판탈레온과 특별봉사대 × 마리오 바르가스 요사 Mario Vargas Llosa
• 〈포린 폴리시〉 선정 '가장 영향력 있는 지식인 100인' • 1994년 세르반테스상 수상 작가

*** | 잠자는 숲속의 공주 × 샤를 페로 Charles Perrault
• 애니메이션 〈잠자는 숲속의 공주〉 원작

*** | 나귀 가죽 × 오노레 드 발자크 Honore de Balzac
• 작가의 '철학 연구'의 첫 번째 자리에 배치된 작품

******* | 노예 12년×솔로몬 노섭 Solomon Northup

• 영화 〈노예 12년〉 원작

******* | 둔황×이노우에 야스시 Yasushi Inoue

• 1960년 제1회 마이니치예술대상 수상작 • 1976년 일본 문화 훈장 수상 작가

******* | 어느 어릿광대의 견해×하인리히 뵐 Heinrich Boll

• 1972년 노벨 문학상 수상 작가

******* | 웃는 남자 1~3×빅토르 위고 Victor Marie Hugo

• 영화, 뮤지컬 〈웃는 남자〉 원작 • 한국간행물윤리위원회 선정 '청소년 권장 도서'

******* | 휴먼 스테인×필립 로스 Philip Roth

• 1997년 퓰리처상 소설 부문 수상 작가

******* | 바보들을 위한 학교×사샤 소콜로프 Sasha Sokolov

• 1996년 푸시킨 메달 수상 작가

******* | 톰 아저씨의 오두막 1~2×해리엇 비처 스토 Harriet Beecher Stowe

• 미국 최초의 밀리언셀러 소설

******* | 아버지와 아들×이반 세르게예비치 뚜르게네프 Ivan Sergeevich Turgenev

• 미국 대학위원회 SAT 추천 도서 • 서울대학교 선정 '동서 고전 200선'
• 우리나라 문인이 가장 선호하는 '세계 문학 100선'

******* | 베니스의 상인×윌리엄 셰익스피어 William Shakespeare

• BBC 선정 '지난 1,000년간 최고의 문학가' 1위

******* | 해부학자×페데리코 안다아시 Federico Andahazi

• 16세기에 실존한 해부학자 마테오 콜롬보를 다룬 소설

******* | 긴 이별을 위한 짧은 편지×페터 한트케 Peter Handke

• 1979년 카프카상 수상 작가

******* | **호텔 뒤락 × 애니타 브루크너** Anita Brookner
- 1984년 부커상 수상 작가 · 1990년 대영제국 커맨더 훈장 수상 작가

******* | **잔해 × 쥘리앵 그린** Julien Green
- 1970년 아카데미 프랑세즈 문학 대상 수상 작가

******* | **절망 × 블라디미르 나보코프** Vladimir Nabokov
- 1931년 독일의 살인 사건을 다룬 소설

******* | **더버빌가의 테스 × 토머스 하디** Thomas Hardy
- 1910년 공로 훈장 수상 작가

******* | **몰락하는 자 × 토마스 베른하르트** Thomas Bernhard
- 1983년 프레미오 몬델로상 수상 작가

******* | **한밤의 아이들 1~2 × 살만 루슈디** Salman Rushdie
- 문학사상 최초로 부커상 3회 수상 작품

생각뿔 세계문학 미니북 클라우드 라이브러리는 계속 출간됩니다.
*** 근간 목록은 발간 순에 따라 변경될 수 있습니다.

옮긴이 | 이재호

연세대학교를 졸업했다. 출판사에서 다년간 외서 기획자 및 편집장으로 일했다. 현재는 단행본 편집과 번역 업무를 병행하고 있다. 옮긴 책으로는 『인형의 집』, 『프랑켄슈타인』 등이 있다.

해설 | 엄인정

국민대학교 국어국문학과를 졸업하고 동 대학원에서 국어교육학을 전공했다. 현재 단행본 편집과 영한 번역 업무를 병행하며 프리랜서로 활동 중이다. 옮긴 책으로는 『데미안』, 『톨스토이 단편선』, 『오만과 편견』, 『카프카 단편선』, 『그리스인 조르바』 등이 있다.

리어왕

1판 1쇄 발행 2019년 3월 15일

지은이 윌리엄 셰익스피어
옮긴이 이재호
해설 엄인정
펴낸이 생각투성이
편집 안주영, 김형아
디자인 생각을 머금은 유니콘
마케팅 김사랑

발행처 생각뿔
주소 서울시 서초구 반포동 66-1 코웰빌딩 102호
등록번호 제233-94-00104호
전화 02-536-3295
팩스 02-536-3296
커뮤니티 www.facebook.com/tubook2018(페이스북)
e-mail tubook@naver.com
ISBN 979-11-89503-58-1(04800)
　　　　979-11-964400-8-4(세트)

생각뿔은 '생각(Thinking)'과 '뿔(Unicorn)'의 합성어입니다.
신화 속 유니콘의 신성함과 메마르지 않는 창의성을 추구합니다.